神界直屬第十九號部門

作者　水泉
插畫　竹官

1

目錄

神界直屬第十九號部門 第一部 003
新年特別篇 235
角色介紹 250
後記 252

序章

吾名為天奉瑛昭，生來具神格，靜修三千年，今領諭令任職，理塵世孤魂之遺願，吾……

算了，聽聞我要任職的地方沒什麼嚴肅古板的大神，還是放棄這種文謅謅的說話方式吧，這樣我也比較輕鬆。

根據我所學習到的知識，簡單快速地介紹自己，讓人迅速抓到重點，是非常重要的。那麼就用幾句話介紹一下我的身分背景吧。

我是個神二代，父母都是神，在神界靜修三千年後，為了了解人類與進行歷練，我申請到神界直屬第十九號部門任職，擔任部門主管。嗯，完美！

雖說我三千歲了，但是以神界的標準來說，我還是個資歷很淺、十分稚嫩的小神，這次的歷練機會，是我求母親求了好久才取得的，按照母親的說法，呃……她的原話比較難聽一點，總之意思大概就是，待在神界享福有什麼不好，以我的身分沒必要下凡蹚渾水，而且我離開神界的話，她會很寂寞……

一開始我也是想據理力爭的。然而，據理力爭真的不是容易的事。

我說自己需要歷練，她說歷練有很多種方式，去後山打打老虎精也可以歷練。

我說我想親眼看看萬千世界，她說用神界的觀測鏡看，跟親臨現場的效果也差不多。

我說我想更加了解人類，也想看看自己能否為他們做點什麼，她說人類那種忘恩負義的東西了解越多只會越失望，根本不需要為他們做什麼事。

我……還能怎麼樣呢？道行只有三千年，從未離開過神界的我還是太嫩了，於是我只能放棄講道理，直接用撒嬌懇求解決一切。

事實證明，方法只要正確，問題就能解決。

這次歷練的部門是我隱去姓氏，通過各種考試之後自己選的。遞交申請表時，人事部門的小姐用異樣的眼神看了我一眼，接著以懷疑的語氣開了口。

「你知道第十九號部門是做什麼的嗎？」

「知道。協助滯留凡間的靈魂轉世的部門不是嗎？我會好好努力的。」

我以為她的懷疑是在質疑我能力不足以擔任第十九號部門的主管，畢竟我履歷一片空白，質疑我也無可厚非。於是我飛快地做出保證，希望能爭取到這個職位。

「積分未達標的情況下，要過十年才能申請離職喔。」

讓我意外的是，她只提醒了這麼一句話，看來她真的認為我無法勝任，才會先說明這個部分。

「沒問題的，我抗壓力足夠。」

見我態度如此堅定，她又好意提點了一句。

「如果被下屬性騷擾，投訴是沒有用的喔，也不能把對方開除。我看你長得漂亮，先跟你說一聲。」

性騷擾？

這個突然冒出來的詞讓我愣了愣。而且不能開除，投訴也沒用，這又是怎麼回事？

「為什麼啊？」

「因為開除了就找不到人去接替，這會造成很大的問題。」

開除就找不到人接替……？

我開始對第十九號部門充滿疑惑了。這怎麼聽都不太正常啊？

「如果沒有其他問題的話，任命的諭令就交給你了……咦？」

她似乎此時才仔細看了我的資料，因而發出一聲小小的驚呼。

「你跟天奉府的瑛昭大人同名啊？」

「是啊，很巧吧？」

我神態自若地笑了笑，打算蒙混過這個話題。

「同名不同命啊，瑛昭大人就不用這麼辛苦考試下凡任職，你可要努力一點，我們平時雖然見不到瑛昭大人，但萬一哪天見到了，總不能讓他覺得跟自己同名的小神混得很差吧……」

對於她的感嘆，我微笑不語。

瑛昭大人是不需要這麼辛苦沒錯，可是瑛昭大人想啊。

「謝謝妳的提點，我會加油。」

離開人事處後，我便開始為下凡做準備。其實也沒什麼好準備的，無非就是多研讀一些凡間的資訊，然後在任職日當天準時前往第十九號部門……我是不是該先了解一下我未來的部下都是些什麼樣的存在？性騷擾到底是怎麼回事？

比較簡單的方法是去問上一任第十九號部門的主管，但我不知道是誰。

我想就順其自然吧，只要有心，沒有什麼問題是不能解決的。

於是，很快到了我正式就職的日子，我對未來要工作的地方充滿期待。第十九號部門是個救助無助亡魂的地方，我想那些亡魂之所以滯留人間不肯轉世，一定有非常難以釋懷的事情，在我心中，工作時的畫面是這樣的：

『就是那場車禍，讓我再也見不到自己的爸爸媽媽，我只是想再跟我爸爸媽媽說幾句話，我想要他們抱抱我，只要這樣就好，拜託大哥哥了……』

弱不禁風、楚楚可憐的小女孩在我面前哭訴著，我則憐惜地看著她，批准了這個請求。

「好，沒問題，妳的心願很快就能實現，交給我們處理吧。」

然後，在小女孩感激的眼神中，負責這個案子的執行員接下命令，我目送他們離去，看著執行員可靠的背影，我暗自為小女孩感到欣慰。

沉浸於想像中的我，不忘在前往凡間的途中為自己變化出符合當地時代背景的穿著，雖然我其實不太確定自己該穿什麼。

第十九號部門設立在凡間而不是神界，這是因為那些不願轉世的靈魂滯留凡間，沒辦法將他們引渡到神界，只好把部門設在凡間，以便與他們接洽。

凡間包含了好幾個世界，第十九號部門處在一個具備基本科技水準的世界，如果有其他世界的業務，就會開啟通道門，連通過去處理……這些都是我從資料上讀到的資訊。

聽說設在凡間就要有個公司門面，而我是去當主管的，那裡也沒有位階比我還高的存在了。我查詢了一下，這樣看來我是不是該參考總裁的服裝？但總裁的服裝也有好多種，到底要參考哪一套呢？

我心裡沒有主意，隨便挑了一種風格後，便直接前往部門所在位置了。

第十九號部門的門口是沒有招牌的，對外偽裝成休業中的公司，我推開大門進入，櫃台也沒看到人，我只好自己走進裡面的廳堂，往有聲音的地方走去。

昏暗的小房間內，有一名青年正在跟一個鬼魂交談。他們沒關門，所以我能瞥見裡面的狀況。

正在工作嗎？莫非是在進行與鬼魂確認遺願的部分？

我對十九號部門的業務都很有興趣，於是我隱去氣息，打算藉機觀察看看。

沒想到的是，他們的交談完全沒有我想像中的感動或悲傷，反而像是在吵架。

『現在是你們有求於我耶，想求我去投胎不是嗎？既然如此，滿足我所有的需求不是應該的嗎？沒有決定權就叫你們主管出來！』

「阿伯，你這些要求是真的不行啦，叫誰來都一樣的，我只是個打工仔，別為難我了好嗎？你這單我要是做不成，這個月業績就無法達標了，就當可憐可憐我，換個正常點的要求好不好？」

『你業績無法達標關我什麼事！反正我就是要剛才提的那些要求！』

他們的爭吵內容我不太能理解，而且如此火爆的氣氛與我的想像相差太遠，使我一時之間有點不知所措。

身為神，我與生俱來就有一些特殊能力，其中一個是讀取別人內心的想法，在神界的那三千年中，因為父母的保護與隱瞞，幾乎沒有人知道我擁有這種能力，我也不常動用。如今下凡當第十九號部門的主管，為了能盡快進入狀況，我的能力是時候該派上用場了，於是我看向那名說自己是打工仔的青年，準備聽聽看他心裡的真實想法——就在這個時候，我留意到身後有人靠近，因而警覺地轉身，與一名表情不怎麼友善的男子打了個照面。

男子留著一頭微捲的黑色頭髮，那種比一般短髮再長一點的長度，與不小心就會遮住眼睛的劉海，給人一種頹廢的感覺。不過，在他看向我的時候，我發現他有一雙很特別的眼睛。

他的眼睛是紫色的，與他散發的頹廢氣質相反，那雙眼睛看起來異常清醒，使我留下了深刻的印象。

「阿寶，這傢伙是誰？」

男子沒直接詢問我身分，反而問起了別人。他口中的阿寶似乎就是房中那名青年，當然，青年沒辦法回答這個問題。

「咦？什麼時候多了一個人的？」

「你警覺性也太低了吧？連門口多了一個人都不知道？」

此時此刻，我覺得也該表明自己的身分了，於是我帶著微笑開了口：

「兩位都是第十九號部門的執行員吧？我是今天到任的主管，名叫瑛昭，能帶我去報到的地方嗎？」

聽了我的自我介紹，兩人都是一愣，青年則率先打了招呼。

「終於有新主管啦！您好，我叫王寶華，我這邊還在忙，不然請初哥帶您過去吧？」

我想知道未來部下對我的第一印象如何，因此我對青年使用讀取心音的能力，聽見了他此刻的想法。

（這次的主管是個大美人耶，不曉得會待多久。）

王寶華在心中稱讚了我的外表。初次見面的對象有這種反應，我已經很習慣了，在神界的時候，甚至還有人作詩盛讚，只能說……父母把我生得很好看，雖然我照鏡子看了三千年，早就對自己的臉沒有感覺了。

「說了多少次，不要喊我『初哥』！」

那名男子暴躁地斥責了王寶華，但他的怒氣沒有多大的威攝力。

「抱歉初哥，我一不小心又忘了，您能帶我們的新主管去報到嗎？」

雖然他臉上帶著歉疚的表情，不過他這樣說，等於是又叫了一次啊，這樣好嗎？

「回頭再跟你算帳。」

男子語氣不善地說了這麼一句後，總算正眼看向我。

「喂，跟我過來，報到處在另一邊。」

打從我決定要來第十九號部門當主管，我就決定當個有親和力的上司，然而，有親和力不等於好欺負，有些事情還是必須計較的。

「如果我沒有弄錯的話，你應該是我的部下？」

「對，有什麼指教嗎？」

他的態度依舊不佳，於是我只好把話說得更直白。

「我認為你對上司應該使用更恰當的稱呼，此外，你也該報上自己的名字吧？」

我認為自己的要求非常合理，這是很基本的禮儀，無論在神界還是凡間都是通用的。聽完我的話之後，對方面露不耐，但還是配合地開了口：

「神界直屬第十九號部門執行員季望初，編號四〇〇一二七三，見過瑛昭大人，這邊請。」

看著他敷衍的笑容，我終於想起自己還沒讀心，連忙將能力施展到他身上。

（神界那群老不死，不想管就直接放牛吃草不行嗎？好不容易送走上次的討厭鬼，這次又派個小白臉過來做什麼？刷履歷嗎？肯定是個中看不中用的花瓶，可惡！）

在我讀心之前，還真沒想過會聽到如此激烈的言論，這讓我愣了愣，不知該作何反應。

想在這裡當個受部屬愛戴的好上司，看來是沒那麼容易，不過我很快就釋懷地露出微笑，對他點了點頭，當作自己剛才什麼都沒聽到。

下凡歷練的決定果然是對的，不脫離保護圈，我要怎麼知道原來長得好看也會被當成攻擊的點呢？

帶著略微興奮的心情，我臉上的笑容越發燦爛，渾然不在意報到第一天就被人討厭的事實。

在我看來，這種事情是真的沒什麼好在意的，你不可能要求每一個人都喜歡你，也不太可能輕易改變一個討厭你的人對你的想法，反正以後避開，盡量減少相處就是了，又不是只有這一個部下，沒事的。

——這是初來乍到，還不了解第十九號部門的我，腦中天真的想法。

第一章

神界直屬第十九號部門，在上一任部長離職後，歷經多年，終於有新任部長報到，只是，對該部門的人來說，這並不是個好消息。

暫時代管部門的左司與右司，原本是第十九號部門的輔佐官，現在有了新任部長，等於上面多了一個頂頭上司，以前逍遙自在的日子多半是要一去不復返，因此有些人的心情不怎麼美麗。

「唉，上班時間偷跑出去打撞球、買樂透的時光回不來了，好惆悵啊……」

房間內，身為左司的夕生趴在桌面上抱怨著，他的同伴則十分冷淡。

「那是本來就不該做的事。」

右司洛陵手上整理著資料，他這副正經工作的模樣讓夕生露出了不滿的神情。

「什麼？我出去玩，回來帶的點心你都有吃，現在你卻不站在我這邊？收了賄賂卻不認帳，你良心不會痛嗎？」

夕生是修成仙的狐狸，他天生的美貌與氣質讓他委屈控訴時的模樣，足以使任何凡人動搖——但洛陵是仙人，不是凡人，這種天然的魅惑對他來說，是可以抵禦的程度。

「嗯，心很痛，來工作吧，這部分交給你，在瑛昭大人來上班之前，我們要把資料準備好，以便教導他如何使部門運作。」

「……」

夕生看著被推到自己面前來的文件，頓時不高興了起來。

「阿陵，你也太敷衍了吧？幾句話就想要我工作？你這麼認真是怎麼回事，難道昨天見到新上司後，你被他的姿色吸引，打算當個好部下了？我們不是應該像對付之前那些小神一樣，設法讓他滾蛋嗎？」

對於他的說法，洛陵挑了挑眉，並不認同。

「跟姿色有什麼關係？」

「只見一面就打算當好部下的話，不是因為臉是因為什麼？」

夕生冷哼著，等著看洛陵如何解釋。

「每一個新上任的部長，我們都該給他機會。該教什麼就教，沒心要做再讓他早點走人。這是我的想法，你也可以不配合。」

名為瑛昭的小神前來報到，是昨天的事。由於昨天是星期天，他們只簡單打了招呼，做完自我介紹，就請對方明天上班日再來。今天才是正式交接的日子，也能初步判斷這位新的部長對待工作的態度。

「經歷過那麼多令人失望的上司後，你還是不放棄下一個啊？」

夕生似是覺得浪費時間，對洛陵的想法嗤之以鼻，不過，他還是乖乖拿起面前的資料，開始整理了。

「如果這個跟上一個一樣，我可以對他下手嗎？」

夕生舔了舔嘴唇，詢問洛陵的意見。

「又想搞仙人跳？不會成功吧。」

「……你是想說他比我美，看不上我嗎？」

夕生沉著臉，眼看就要發火。

「不，我只是想說，他昨天都沒多看你一眼，顯然不是只喜歡女子，就是對你沒興趣，你就別自討沒趣了。」

「現在沒興趣又不代表以後沒興趣！」

「以後的事情，以後再說，你還是快點整理資料吧。」

現在討論這件事，的確不會有結果，夕生總算安靜了下來，老老實實幫忙整理要交接的資料，並思考著要不要去跟執行員們打賭新主管上班第一天會不會遲到。

＊

如果第一天上班是否遲到是判定新部長有沒有心做事的其中一個標準，那麼瑛昭可說是完美無缺。

他準點到達辦公室，推門而入的時間一秒不差。一直盯著時鐘的夕生眼皮跳了一下，用手機裡的通訊軟體給洛陵發訊息。

不必消耗法力也能私下溝通，科技這種東西還是挺方便的。

『**完全準點。我覺得他一定很難搞。**』

『**那你就認真上班，別想些有的沒的。**』

此時，瑛昭已經走到他們面前，笑著打了招呼。

「洛陵、夕生，早安。今天也只有你們？我以為可以見到其他執行員。」

所謂的執行員，不是神也不是仙，是由不具備轉世資格的人類鬼魂擔任，負責協助有轉世資格的滯留靈魂去投胎。執行員完成的案子夠多，積分到了就能為自己換取轉世資格，這是瑛昭來這裡之前就知道的事。

「執行員沒有任務的時候就是在休假，不會一直待在公司。如果您想見到所有的執行員，那可能要特別包場地，召開一個會議。公司目前沒有這樣的預算，要包下足以容納所有執行員的場地，我們的經費應該也不夠。」

洛陵規規矩矩的報告，讓瑛昭愣了愣，過了好幾秒才接著發問。

「執行員……有這麼多啊？要包下幾千人的場地才夠嗎？」

「不，目前只有十位而已，但公司就這麼小，沒辦法同時讓十位執行員都進來，然後公司也窮到連十人的場地都租不起了。」

洛陵的話讓瑛昭再度愣住，他停頓了好一陣了，才決定好先問哪個問題。

「部門的經費平時都是拿來做什麼的？我們用得到凡間的錢嗎？」

「喔！這個就要問我了，凡間的錢很好用啊，可以拿去買彩券、買些小零食，也可以去進行娛樂活動，比方說看電影之類的。您既然下凡了，有機會也體驗一下凡間的生活吧。」

夕生愉快地介紹了錢的用途，卻完全沒提到部門經費的去向，洛陵便主動幫忙補充了。

「部門的經費主要拿來發薪水，但現在已經是薪水都發不太出來的狀態，人人都領半薪，有時甚至連半薪都不到，所以很多執行員也不想待了，畢竟沒薪水的狀況下，要在凡間生活很辛苦。」

瑛昭露出了若有所思的神情，看向他們的眼神也多了幾分欽佩。

「那你們還一直留在這裡，真是有毅力。」

從來沒被上司誇獎過的兩人，聽了這句話後，心情各自起了不同程度的變化。

「過獎了。您還有什麼想問的事情嗎？」

「部門到底該怎麼賺錢啊？」

從神界來的瑛昭，大概沒想過自己需要煩惱這麼世俗的問題，見他有想解決問題的意思，洛陵便解說了起來。

「部門的運作裝置仰賴神力，該裝置能讓執行員開啟任務，任務完成了就能得到凡間的錢，不過，我們的執行員大部分任務完成率都不高，甚至在與靈魂溝通的階段就因無法達成共識而失敗，導致神力白白被浪費。由於原本能拿來開啟任務的神力就不多，這種情況下，部門自然很窮，發不出正常的薪水。」

洛陵的說明讓瑛昭稍微了解了部門現狀，他也立即想到一個問題。

「先前第十九號部門是沒有主管的吧？那你們的神力是哪來的？」

神力，顧名思義是神才擁有的力量，妖仙、人仙與鬼魂都沒有神力。

「沒有部長的情況下，神界每個月會用神力封存裝置發放定量的神力給我們使用，大概只夠十個執行員各自開啟一次任務，所以我們之前的做法是將次數讓給業績最好的三名執行員，未達標再讓下一人替補上來，如此才能勉強發出一點薪水。」

第十九號部門如今的狀況，可說是慘到沒人想來接爛攤子，瑛昭為什麼會被分派到這裡，是洛陵跟夕生很想知道的事。

「所以……以前有部長的時候，第十九號部門的運作應該比較正常吧？」

「沒有這回事。」

在洛陵搖頭否定後，夕生以不快的口吻解釋起了過去的情況。

「以前那些主管都是捨不得自己神力的傢伙，只想每個月提供少少的神力，要求成功率高的執行員一直出任務，搞砸了就大發雷霆，您不會這麼過分吧？」

瑛昭睜大了漂亮的眼睛，像是還沒從驚訝中回過神來，過了三秒才慎重地表態。

「當然不會。能帶我去看看部門的運作裝置嗎？我想了解一下多少神力可以啟動一次任務。」

「好的，這邊請。裝置就在部長的辦公室內。」

他們帶著瑛昭進到裡面的房間，所謂的運作裝置，是辦公桌上的水晶球，洛陵示意瑛昭將手放上去，瑛昭照做後，低垂著眼感受操控的方式。不一會兒，他略帶興奮地收回了手，轉身面向自己的部下們。

「我知道該怎麼用了，把能工作的人都找回來吧，注入神力的部分就交給我，大家不用擔心。」

因為他說得相當自信，夕生和洛陵對看一眼後，都有點半信半疑。

「瑛昭大人打算一個月開啟幾次任務呢？有個確切數量，我們比較好做分配。」

「這樣啊，一千次夠嗎？」

這個遠高於預想的數字，讓他們兩人吃驚之餘，忍不住再次確認。

「您沒開玩笑吧？一千次？」

「不夠多嗎？那麼，兩千次？」

瑛昭的表情很認真，看起來並不是信口開河，此時夕生終於略微遲疑地問出了心中的疑惑。

「瑛昭大人已經確認清楚開啟一次任務需要花多少神力了嗎？我不是想懷疑您，只是以前那些上司都說神力透支會妨礙修行，最多也只開個二十次，您……開這麼多次真的不會太勉強？」

聽見別人只開二十次，瑛昭瞬間停滯了幾秒。洛陵與夕生看不出來他在想什麼，而沒過多久，他就再度開口：

「那是他們太無能太自私了，反正你們只要知道我的神力開兩千次也不耽誤修行就好，去召集大家過來吧！」

「好的，不過，其實不需要開那麼多次，我們現有的執行員一個月是無法完成那麼多任務的，您可以省一點神力。」

洛陵告知這一點後，瑛昭點頭表示理解，隨即又有了別的想法。

「那就多吸收一些執行員進來吧！有錢之後我們可以擴編，或許還能給大家加薪，這樣才能幫助更多滯留人間的靈魂。等執行員來了，可以通知我一聲嗎？我想了解任務的過程。」

「沒問題，那我們先去處理。」

兩人出了房間，準備開始聯繫休假中的執行員，而走回自己辦公處的同時，他們也不禁想討論一下這位新上司。

「瑛昭大人應該不是普通的小神，但他似乎想隱瞞這件事。」

二十次與兩千次的神力差距，再笨的人都能感受得到，假如以前那些小神部長有這種實力，也不至於吝嗇到那種地步。

對於洛陵的判斷，夕生是認同的，他已經更改了想法，漂亮的臉上充滿期待。

「哎呀，我才不管那麼多，假如他真的肯提供足以開兩千次任務的神力，還給大家加薪，那我就決定追隨他了！吃香喝辣的日子終於要來了嗎！」

「……」

看著這隻有錢就能收買的狐狸，洛陵真是不知道該對他說什麼才好。

「總之，先把小季叫過來吧，瑛昭大人想了解任務流程，最懂這些的就是小季，我們可以跟他討論看看。」

於是本來今天休假的季望初就接到了電話，被夕生硬是逼著來上班。

＊

頂著一頭亂髮走進辦公處的季望初，一臉沒睡飽的模樣，他向來沒睡飽就會心情不好，無論面對誰，口氣都很差。

「你們就為了那個新來的小白臉逼我來上班？他到底用什麼收買了你們？」

季望初是在這裡待最久的執行員，資歷比身為輔佐官的洛陵和夕生都久。本來以他輝煌的任務完成率，他早該拿到轉世資格，可以去投胎了，但他總是在積分快滿之前犯事，導致積分清零，也不知道他到底是怎麼想的。

「別對瑛昭大人那麼沒禮貌，他跟以前那些垃圾不一樣，願意花大把神力給我們開任務，大家加薪都有望了，滿足他一點小小的要求又算得了什麼？」

夕生說話一直都比較嗆辣，因此他跟季望初比較聊得來，但現在他站到了部長那邊，講出來的話聽在季望初耳中，就很刺耳了。

「他真的有那麼多神力？普通的小神不可能做到吧，你們就這麼信了？」

「誰說瑛昭大人是普通小神的？搞不好他是大神啊！」

「說什麼夢話，這種屎缺連小神都不願意來了，還大神呢？神界那些高高在上的大神哪可能管我們的死活，就算真的是大神，也一定別有企圖，否則誰要下凡來這種吃力不討好的部門？醒醒好嗎？」

被季望初這麼一說，夕生也動搖了起來，他眼神游移地看向洛陵，像是想聽聽他的意見。

「我們可以慢慢觀察。至少目前看來，瑛昭大人對這份工作相當有熱忱，他是第十九號部門的部長，只要他沒有犯錯，他想做的事情，我們就該配合。」

洛陵秉持著盡量公正的態度說出了自己的看法，季望初聽了以後煩躁地嘖了一聲，顯得很不高興。

「所以呢？你們要我做一次任務給他看，甚至讓他參與任務？這只會妨礙任務進行吧？」

「你可以的，你應該相信你的能力。」

洛陵平靜地說了一句非常不負責任的話。

「我們就是怕瑛昭大人不熟悉任務，導致任務出問題，才找你負責這件事啊，你經驗豐富，什麼狀況都遇過，不找你還能找誰？」

夕生說得理直氣壯，一點也不覺得不好意思，季望初臉上一抽，想罵人卻又因為心裡湧出的深深無力感而作罷。

「要我去，可以，但我不會跟他客氣。你們可別指望我溫柔友善，我辦不到。」

「我們不干涉你怎麼做，不過你也別太過分，不曉得瑛昭大人脾氣好不好，萬一你惹火了他，我們可幫不了你。」

「知道了。」

談好條件後，他們便領著季望初，去瑛昭那裡報到。

*

「瑛昭大人，我們帶了第十九號部門最厲害的執行員過來，由他來為您介紹任務流程。昨天就是他帶您來找我們的，想必您已經知道他是誰了？」

敲門過後，夕生是第一個踏入房中的，他講完開場白後，往旁挪了一步，讓身後的季望初走上前——接著他們就看見瑛昭的表情忽然僵硬，似乎不怎麼喜歡這個人選。

「夕生，我覺得……」

瑛昭略帶遲疑地開口，眼看他很可能就要拒絕，夕生連忙又加上幾句話。

「瑛昭大人，我看您臉色不太好看，他昨天該不會得罪您了吧？小季說了什麼不得體的話嗎？」

「不，昨天他是沒說什麼……」

「小季這個人啊，嘴巴比較壞一點，但在做任務的判斷上是絕對值得信賴的，我們現有的執行員多半是新人，就他一個老鳥，遇過的狀況千奇百怪，讓新人來做任務給您看，我也不放心，假如您想了解得深入一點，讓他帶，絕對是最好的選擇！」

夕生之所以硬要推銷季望初，主要是想給新上司留下「部門有人才，值得期待」的印象，其他執行員的能力他實在不怎麼放心，萬一讓瑛昭覺得執行員辦事不力，因而改變主意，不想為了部門努力，那就糟糕了。

他這一番話說下來，季望初幾乎要翻白眼，倒是瑛昭已經不好意思拒絕，當即點了點頭。

「好的，季先生，麻煩你為我演示一次完整的任務，現在就可以開始了嗎？」

如此正式的稱呼讓季望初起了雞皮疙瘩，他整個人都不自在了起來，僵了幾秒才出聲：「那就從和靈魂面談開始吧。」

「你們加油，我們先走囉。」

接下來的事情由季望初負責，所以夕生就拉著洛陵離開了。他們走後，季望初便開始了流程說明。

「待會你授權給我，我會從靈界調一個靈魂上來，了解他不肯轉世的原因，並開出他能接受的條件，雙方達成共識後，才能正式開始任務。」

季望初稱呼對方的時候沒使用敬稱，但瑛昭沒在意這一點。對他來說，只要不是使用不禮貌的稱呼就好。

「我只能旁聽嗎？能不能插嘴？」

見他如此想參與流程，季望初不以為然地笑了笑。

「你想嘗試看看的話，可以交給你來問啊，我調一顆星難度的靈魂給你，最簡單的。」

聽到可以親自嘗試，瑛昭立即眼睛一亮，顯得十分期待。

「好！我試試！」

他熱切的態度是季望初無法理解的。取得神力授權後，季望初隨便挑了一個難度劃分在一顆星的靈魂，召喚到這裡。隨著鬼魂現形，室內的氣氛變得陰森了些，季望初早已習慣這種變化，瑛昭則訝異了一下，沒有立刻向鬼魂提問。

「代號一八九〇三號，這裡是第十九號部門，你應該知道我們為什麼召喚你。說說你的故事吧，為什麼你不願意轉世？」

季望初熟練地說了開場白。他沒有直接問對方的遺願，也沒有直接請對方開條件，似是想先了解鬼魂的背景。

『我的……故事？我的人生乏善可陳，沒什麼好說的，無所事事不出門工作，為了賭博借高利貸還不起，走投無路之下自殺，就這麼結束了一生，我覺得很不甘心，所以才不想轉世啊。』

鬼魂茫然地陳述自己的想法後，季望初瞥向瑛昭，示意他自己嘗試溝通，於是瑛昭便試探性地開了口：

「所以，你想還清高利貸再轉世嗎？」

『……啊？』

「真是有責任心的想法，如果這就是你的願望，我們可以幫忙喔，從找工作開始，慢慢還總是可以還清的嘛。」

『誰想工作還錢啊！我才不要！我在意的是最後一次賭博時賭輸了！要不是這樣我哪會還不起錢而被追殺啊！』

見鬼魂激烈反彈，瑛昭有點搞不清楚狀況。

「如果不想被追殺，一開始不要借高利貸不就好了嗎？」

『不借錢我哪來的賭本啊——！』

「那就不要賭——」

對話到這裡，季望初面無表情地介入，打斷了瑛昭要說的話。

「瑛昭大人，你還是先別開口了，好好一個無害的鬼魂都快被你激成怨靈。你還是當觀眾就好，這工作不適合你。」

「我的思考方向不對嗎？」

瑛昭受到了不小的打擊，面對他的問題，季望初只冷笑了一聲。

「你不懂人心。」

語畢，他轉向憤怒狀態下的鬼魂，而在他接手過去溝通前，瑛昭又喊了暫停。

「等一下！再給我一次機會，我能完成！」

「喔？好啊，你行你上吧。」

季望初無所謂地做了個「請」的動作，語氣充滿嘲諷。這次，瑛昭皺著眉看著眼前的鬼魂，慎重地發問。

「你的願望是……靠著賭博翻身發財，坐擁平常人一輩子都無法擁有的財富，讓父母收回罵你的話，兄弟姊妹跟暗戀對象也不敢再看不起你，是嗎？」

他話音剛落，鬼魂就像被戳穿內心一般，臉色劇變，季望初也露出詫異的表情。

『你怎麼知道？』

「這不重要。季先生，這樣的願望是可以實現的嗎？」

因為不清楚任務流程，這個部分，瑛昭只能詢問季望初。

「這不難，不需要我出動。轉給阿寶處理就可以了，下一位。」

季望初說著，準備利用系統程序將鬼魂轉移到別的房間，然而瑛昭再次阻止了他。

「不是要跑一次流程給我看嗎？為什麼要換下一位？」

「太簡單，浪費我的時間。」

「太簡單？」

瑛昭質疑的口吻讓季望初產生了些許不悅。

「不信的話，跑一次給你看就是了。代號一八九〇三號，先簽約吧，我會以你的身分回到過去，用賭博的方式幫你把個人資產增加到一億以上，之後讓你父母、兄弟姊妹跟喜歡的女人都對你改觀，這些條件可以嗎？同意的話就簽約。」

他抱胸說著，一張系統擬定的透明合約也在半空中現形。

「咦？是你代替他做，不是他自己做嗎？」

由於事情跟自己的想像不同，瑛昭忍不住又問了一句。

「執行員的執行層面，就是代替簽約者去完成願望。真要簽約者自己做，條件會變成無論願望完成與否，機會用掉後就得轉世，很多人是不會簽的。」

如同要印證他的話一般，鬼魂馬上點了點頭。

『說好了要幫我辦到喔！要我自己來，我才不幹，我一定要看到他們收回對我的看法才甘心啦！』

「那你就簽吧，簽了就可以開始了。」

鬼魂猶豫了幾秒，才在合約上簽字，契約成立後，季望初操作了幾下，隨即對系統發出任務開始的請求。

「瑛昭大人，從水晶球確認我提出的請求，在你撥出神力後，我會得到一個傳送門法術，利用那個法術，我就能回到指定的時間點，以他的身分替他完成心願。」

「時間點是怎麼挑選的啊？」

任務的每一個細節，瑛昭都很想了解。

「通常在瀏覽完當事者的一生後，會回到當事者最悔恨的時間點，不是我們能決定的。」

說到這裡，季望初想了想，又補充一句。

「假如投入更多神力，也許可以自己選，但目前不需要。待會我進去以後，你們可以透過螢幕看見我的行動，如果你想跟我溝通，系統裡有支付神力就能短暫溝通的功能，麻煩自己摸索怎麼用。」

他指著室內的投影螢幕解釋，瑛昭也很有實驗精神地立刻摸上水晶球研究了起來。

「我看看……噢，原來任務跟現實的時間流速是不同的！我剛剛還在想，你進去一次出來不就過很多年了呢。」

「裡面待一年，這裡大概是一天，你們進入旁觀模式時也會跟著代入裡面的時間流速，如果你時間到了要下班，可以隔天再來看，當事者則是會一直看著。」

季望初說明了這個規則後，打了個呵欠，才繼續說下去。

「不過這任務我應該一年內就會做完，你要是想完整看完流程，就自主加班一下吧。好了，我要進去了。」

瑛昭還沒想到其他問題，季望初就直接發動了傳送，從原地消失。

無可奈何之下，他只好啟動投影螢幕，開始當個認真的觀眾。

NO. 18

第二章

螢幕上，季望初以鬼魂「劉昱」的身分醒來，外面傳來了父母帶著火氣的聲音。

「出來吃飯啦！睡夠了沒！現在連吃飯都要用請的不成？」

「聽到了。」

他整理完腦中的訊息，同時緩慢地起床，走去餐廳準備用餐。

「你昨天又在做什麼？上次跟你說的面試機會有沒有把握？」

「都幾歲了，還在家混吃等死，你爸我當初這個年紀都已經做管理職了，再不想辦法找個公司進去，等再過幾年誰還敢要你？」

「你到底有沒有在努力啊，別人大學畢業都能順利找到工作，為什麼你就是不行，難道要我們養你一輩子嗎？」

餐桌上，父母輪流炮轟，季望初無動於衷地吃著他的飯，偶爾敷衍地應答幾聲，吃飽後看了看日曆，隨即拿起椅子上的外套，穿了就要出門。

「你要出門？是要去哪？」

「幹正事。」

他回答得很隨便，也沒停下腳步，這種回答顯然不能讓他的雙親滿意，所以他母親又追在後面繼續問。

「你還能有什麼正事？又要跟你的狐朋狗友去玩了嗎？」

「不是。你們別管那麼多，反正不是去幹壞事。」

季望初表現出來的孤僻態度，跟原本的劉昱很像，不過他接下來要做的事情，卻跟瑛昭與當事者鬼魂想的不同。

這是劉昱借完高利貸的第二天，嚮往著不勞而獲，一點也不想靠死薪水過活的劉昱，手上一有錢，就跑去賭博輸光了。此刻化身為劉昱的季望初出門，瑛昭原本以為他也是要去賭場，沒想到他居然走進後巷子的彩券行，買了一張樂透就打道回府。

他只買了一張。那麼情況很明顯，他就是知道這個號碼會中獎。晚上開獎時間，季望初面無表情地用電腦查詢了中獎號碼，他買的那張樂透，赫然就是頭獎的那幾個數字。

「……」

沒想過用賭博來賺一億能這樣解的瑛昭，一時之間有點無言，他身旁的鬼魂則叫嚷了起來。

『**我不能接受！他只是仗著看過我的一生然後記下頭獎號碼而已啊！這有什麼難度？我自己來都行！**』

瑛昭沒理他，此時季望初看了新聞，發現頭獎得主有三位後，他「喔」了一聲，喃喃自語了一句。

「那還不夠。」

於是他先上床睡覺，隔天又去買了下一期的樂透以及其他各種彩券，也都只買一張，就這樣帶著彩券們回家，繼續無所事事地等待開獎。

毫無疑問地，這些彩券全都中了頭獎。

鬼魂這時終於不叫了，他意識到這件事其實沒那麼簡單。季望初不是只記了一組號碼，他在瀏覽劉昱的人生時，不知道記下了多少號碼，而且他不知道自己會回到哪個時間點……那他到底要記多少組頭獎號碼才夠用？又或者是，他在瀏覽時就已經猜中劉昱最為悔恨的時間點會在哪一天，所以精準地背下了那幾天的頭獎彩券號碼？

無論是哪一種，都能顯示出他的能力。他們看著季望初用中獎彩券換到了總計五億的獎金，然後就要看他怎麼處理與家人和暗戀對象的關係了。

要怎麼讓家人改觀呢？有錢就能讓家人改變對自己的想法嗎？但彩券中獎的錢會被歸類於運氣，家人對他的看法會有所改變嗎？

瑛昭很好奇人類的父母會有什麼反應，也很好奇季望初會採取什麼行動。

手上掌握這麼大一筆錢，他卻沒有買任何東西，只是打了幾個電話，到銀行辦理了手續，就把中獎的錢全部捐給慈善機構。

這個舉動讓瑛昭瞬間瞪大眼睛，完全不明白季望初這麼做的用意，劉昱的鬼魂更是當場叫出聲來。

『天啊！他為什麼要捐掉？這樣不就變回窮人了嗎？好不容易有那麼多錢，怎麼不先花一花享受一下？或者再拿去賭也好啊！』

鬼魂崩潰的話語讓瑛昭看了他一眼，覺得這傢伙真是個無藥可救的賭鬼。要是讓這個本尊把錢拿去賭，鐵定沒兩下子又輸得一乾二淨。

季望初做完這一切後，準備好所有得獎相關的證明、捐款收據以及存摺，就用借高利貸的錢預訂了餐廳，請父母與自己的兩個弟弟吃飯。

恰好今天是他父親生日，算是個請大家聚餐的理由，儘管這餐是他請客，現場的每個家人還是沒給他好臉色。

父母沉著臉說他沒工作還亂花錢，要不是聽說訂金不能退根本不會來，兩個弟弟陰陽怪氣地問他找到工作沒，小弟甚至還烙下狠話，說以後父母不養他了，自己也不會管他，整頓飯的氣氛對他很不友善，父母還會問候另外兩個兒子以及孫子，但面對他的時候，就只有嫌棄跟責備。

「其實我今天請客，是因為我有個好消息想告訴大家。」

飯吃到一半，季望初終於要進入正題了。見他一臉正經，小弟嘲諷地問了一句。

「喔？難道你終於找到正經工作了？還是你終於肯去超商打工啦？」

「都不是。是你們絕對想不到的消息。」

說著，他死氣沉沉的臉上終於有了一絲笑意。

「我中了不少彩券，爸不是老說要做個有用的人嗎？所以我把那些獎金全部都捐出去了，就當是回饋社會。」

聽了他的好消息之後，眾人面面相覷。

「喔……有多少啊？幾張兩百的嗎？捐了有沒有一千？」

聽到彩券中獎後全額捐款，一般人根本不會覺得他中了大獎，畢竟中大獎還全部捐掉……只要是個正常人，都不會這麼做。

「沒那麼少。爸、媽，你們難道不覺得我很棒？這麼有愛心的事，可不是誰都能做到的。」

季望初看向父母親，等待著他們的反應。

對於這種狀況，二老似乎不知道該如何評論。大弟忍不住念了一句「捐點錢就往自己臉上貼金」，然後就跟小弟竊竊私語了起來，好半晌，父親才不耐煩地開口。

「是比拿去亂花掉好啦……你該不會中幾次小獎就沉迷買彩券了吧？以後別買了！沒在賺錢還買什麼彩券，就想不勞而獲發大財，你以為你有那種運氣嗎？」

靜靜聽完父親的訓斥後，季望初唇邊的笑意加深了幾分。

「我有啊，我中的是頭獎，還不只一張，總共有五億呢。」

此話一出，眾人自然不信，都認為他是在開玩笑，於是他慢條斯理地拿出種種證明文件，攤開在飯桌上，大家一一看過後，室內忽然陷入可怕的死寂中。

「你……真的中了五億……但是你全部捐出去了……？」

父親的語氣充滿不可置信，也不知想聽他承認還是否認。

「是啊！如此竭盡全力回饋社會的無私大愛，只有我才做得到吧？」

此刻他的笑容越燦爛，看在父母眼中就越刺眼，父親一時沒忍住，一巴掌就打了過去，被他敏捷地閃開，還無辜地發問。

「父親，怎麼了？你怎麼生氣了呢？」

「你這個智障！有這麼多錢為什麼不分給我們！你大弟剛生小孩，小弟剛買房子，正是缺錢的時候！你要做慈善，留一些給自己人不行嗎？你是不是想氣死你老子！」

「錢沒了，再賺就有了嘛，你不是想要我成為一個有用的人嗎？你又不是想要我給你錢。」

「你以為頭獎是這麼好中的嗎！你現在給我去把錢討回來！」

「捐出去的錢，哪有討回來的道理，父親是要我當言而無信的人嗎？」

「渾蛋！」

這頓飯就這麼徹底成為一場鬧劇，劉昱的父親被氣到送醫急救，看著這一幕，鬼魂非但不擔心，還一臉痛快地大加讚許。

『**幹得好！就算有錢也不給他們！**』

報復家人的快感，讓鬼魂完全忘了自己剛剛還在罵季望初把錢都捐出去的事情，瑛昭這時終於想開口問他問題了。

「再怎麼說，即使你沒工作，父母還是供你吃住，有必要這麼恨他們嗎？」

『他們把我嫌得比狗還不如耶！老是說什麼養廢了，我會廢還不是他們害的！』

這種把錯都怪在別人身上的想法，瑛昭不能苟同，只能暗自搖頭。

原本他以為季望初的任務到這裡就已經結束，畢竟往壞的方向改觀一樣是改觀，而當他看到季望初開始聯繫一個女人時，才意識到自己遺忘了那個「暗戀的人」。

劉昱暗戀的人是在賭場工作的一個發牌員，這也是他跑去借高利貸賭博的原因之一。他想在心上人面前裝闊，偏偏又沒本事，打腫臉充胖子的結果，就是最後將自己逼上死路的結局。

「劉哥，幾天沒看到您了，怎麼都沒過來？今天也是玩牌嗎？」

一見季望初扮演的劉昱出現，女子就微笑著打了招呼。她的態度稱不上熱情，這大概是因為劉昱向來口袋裡沒多少錢，她不想花太多功夫在賭資不多的客人身上。

「老樣子，籌碼我換好了，發牌吧。」

這間賭場最低面額的籌碼是一百元，女子所在的牌桌沒限制最低必須押多少，季望初便一局押一枚籌碼，十分小家子氣地玩。

就這樣連輸了十把後，女子有點不耐煩了，因為劉昱一直都表現得很明顯，此時季望初這種一次一百元慢慢玩的做法，自然被她視為沒有錢還厚著臉皮拉長時間糾纏，令人反感。

「劉哥，一次一枚籌碼不像是您的作風啊，您今天是怎麼了？手頭比較緊嗎？」

這種話很容易得罪客人，但女子的目的本來就是趕他走，因此說話時沒怎麼顧忌。要是劉昱礙於面子不肯承認沒錢，拿更多籌碼出來玩，她也算有收穫。

「嗯？我只是怕一下子贏太多，這樣對你們賭場就太不好意思了啊。」

季望初臉不紅氣不喘地說出了足以讓熟悉劉昱的人翻白眼的話，女子還能維持住臉上的微笑，已經很敬業了。

「您太客氣了，只要有本事，我們從來不會限制客人贏多少錢的，如果能賭贏，那就沒有輸的道理啊，您要不要多賭一點試試？」

在女子的鼓吹下，季望初微笑著站起身子，表示去換籌碼，然後便帶了價值五十萬元的籌碼回來。雖說女子見過太多更有錢的客人，但在季望初將籌碼全堆上桌，表示一次下注時，她臉上還是浮現出比剛剛熱切許多的笑容。

牌一張一張發出，結局卻與上次不同。季望初選擇了最高賠率，險險贏下了這一局。看著被推到自己面前，瞬間變成五百萬的籌碼，他的神情輕鬆，彷彿覺得一切理所當然。

「就說了我會贏啊，我可不是在說大話。」

女子認為他只是一時運氣好，因此沒將這局輸出去的籌碼放在心上，依舊勸他繼續玩，想著下一局就能把輸掉的都收回來。

只是，事情再一次超出預料，不信邪地賭了八把後，女子終於驚覺這不是運氣能解釋的勝利，輸出去的金額已經達到一億，她的臉色變得很凝重，勉強擠出一絲笑容後，女子小心翼翼地開了口。

「劉哥，今天應該盡興了吧？不如我請您吃頓飯，休息一下？」

「是盡興了。」

季望初點點頭，彷彿打算見好就收。但他接下來的舉動，是女子與旁觀的瑛昭和鬼魂都沒想到的。

「籌碼我就不拿了，反正這種東西要多少就有多少。」

他的言下之意，是不打算從賭場拿走一毛錢，就連自己帶來的五十萬都不要。

光靠玩牌賭博就能賺到一億，他要這麼說，也容不得別人不信，倒是瑛昭忽然想到一件事。

既然有這種能力，直接來賭博不就解決了，還買什麼彩券？

他想了想，覺得季望初是在花式展現完成任務的不同方法，藉此表達這個案子真的很簡單，或者是秀出他的個人能力。

一旁的鬼魂正喊著自己好帥，心上人一定會迷上自己，不過季望初忽然對女子說了一句話。

「請我吃飯的事情也免了，老子喜歡的是男人。」

說完，他沒理會女子呆愣的反應，逕自離開賭場。

劉昱的鬼魂瞬間崩潰。

『**啊啊啊啊啊！誰喜歡男人了！快給我澄清！不要讓她誤會啊啊啊啊——！**』

這種要求，瑛昭是不打算幫他轉達的，目前季望初已經完成了鬼魂的所有要求，只是仍身無分文，也沒讓任何人轉為喜歡自己，劉昱的人生依舊是失敗的，甚至連高利貸都沒有還清，接下來勢必又會面臨被追著討債的命運。

而對季望初來說，任務目標已經全數完成，他沒有繼續待著的意思，用網路地圖稍做查詢後，他來到一棟十六層高的大樓，這正是劉昱自殺的地方。

「反正你要求的只有過程，那麼一樣的結局，應該是可以接受的吧？」

他在天台上抽了根菸，吹了會風，隨後走到天台的邊緣，從容無畏地跳了下去。

能把跳樓自殺這種事做得如此輕鬆自在，顯然是很有經驗。瑛昭想了想，覺得季望初既然是資歷最深的執行員，熟練地使用自殺這個最快結束任務的方法，也是很合理的事情，只是他好像完全不怕痛似的，這點確實讓他很佩服。

由於任務結束，他們自動從旁觀模式退出，季望初的身影也在一閃之後出現，他看起來比離開時多了一絲疲倦，接著也不多說廢話，直接就對鬼魂下達命令。

「你的要求已經達成，沒錯吧？那你還待在這裡做什麼？」

這毫不客氣直接趕人的態度，讓鬼魂極為不滿。

『什麼叫做我還留在這裡做什麼？你太不尊重我了！我不滿意！你怎麼可以對我的心上人說謊汙衊我，還把我搞得一文不名，最後又是自殺收尾？我明明能賺大錢，明明可以過得很爽，你是在搞什麼東西，我要投訴你！』

瑛昭並不清楚第十九號部門有沒有投訴的機制，假如鬼魂是想直接向自己這個上司投訴，那他也得查一查有沒有前例可循，不過，在他思考這些事情的期間，季望初已經拿出先前簽好的合約，好整以暇地走向鬼魂。

「你提的那些要求，合約上可沒有啊。合約是你自己簽的，上面有哪一條是我沒做到的？嗯？」

鬼魂瞠目結舌，無話可說，卻依舊不甘心。

『你都做到了又怎麼樣？這是詐欺！合約無效！我——』

「閉嘴。」

季望初將合約甩到他臉上，鬼魂的身體與合約接觸的同時，他冷笑著啟動程序，使合約立即生效。

「搞清楚，有能力賺大錢的是我不是你，老老實實投胎去吧，垃圾。」

由於合約效力發揮，劉昱的鬼魂便被傳送離開，想來應該是轉去轉世的部門。

現在辦公室內只剩下瑛昭跟季望初，見瑛昭像是在思考什麼的樣子，季望初便等了他幾秒才開口。

「瑛昭大人，你完整看完一次任務了，有什麼想問的？」

在他開口詢問後，瑛昭皺著眉苦惱了一陣子，才開始講述自己的想法。

「我……不太欣賞剛才那個鬼魂。」

「真巧啊，我也不欣賞。」

「但是他可以出現在這裡，代表他是有資格轉世的，對嗎？」

這個問題讓季望初嗤笑了一聲，彷彿覺得這是個很蠢的問題。

「他也不是什麼罪大惡極的壞蛋，頂多就對不起自己、對不起家人而已，雖然個性很爛，但不至於到不能轉世吧，你的標準是不是太嚴苛了？」

「不，我只是……我一直以為，第十九號部門是幫助一些有苦衷、值得同情的人，沒想到也有這種人。」

瑛昭的神情看起來有幾分沮喪，他天真的想法則讓季望初笑出了聲音。

「你對這個部門——不，你對人類到底有什麼期待啊？需要幫助的人有的是可憐，有的是可恨，這個真相讓你失望了嗎？還是你想更改規則，只挑選你覺得值得幫助的靈魂來幫助？可惜部長沒有這種權限，恐怕要上層的大神才有辦法吧。」

季望初就是看他這副不食人間煙火的模樣不順眼，所以嘲諷起來一點也不客氣。不過，瑛昭很快就緩了過來，他認真地看著季望初，提出請求。

「我會調整好我的心態，但第十九號部門的擴大經營還是必須的，只要值得幫助的人存在，遲早都會幫助到他，不是嗎？接下來有勞季先生了，還有許多事情需要你的指導。」

「……什麼？你還要我指導哪些事情？」

季望初懷疑自己聽錯了，他錯愕地反問後，瑛昭便慎重地開始解釋。

「季先生是很有能力的人，夕生會如此推薦你，果然是有道理的，我現在已經明白了。我還想多了解神力的使用方式，也想多看一些案例，人情世故方面同樣需要季先生的指教，希望之後可以合作愉快。」

從季望初的表情看來，他十分不想承擔這些責任，都還沒開始合作，就已經不愉快了，狀況顯然不太樂觀。

「我可以拒絕嗎？」

「咦，為什麼要拒絕？我可以給你加薪。」

瑛昭不能理解他為什麼不願意。

「這不是錢的問題！我討厭麻煩！」

季望初焦躁地吐露了心聲。如果只是一次性的教學，他勉強還能接受，長期的指導他可就吃不消了，他一點也不喜歡這種做任務從頭到尾被人監視的感覺。

「我並不會過多干預任務，你的做法我也沒阻止，你覺得麻煩的點是什麼？」

見瑛昭還不肯放棄，季望初內心的焦躁持續上升。

「你確定我是可以信賴的對象嗎？」

他走向瑛昭，將手撐在辦公桌上，身子前傾，目光陰冷地俯視對方。

「剛才那種人，你都不明白他怎麼會有轉世機會了，那你可還記得，執行員是連轉世資格都沒有的靈魂？我可是壞事做盡、十惡不赦，才會來這裡還債，你要我一對一教學，就不怕被我帶歪？」

面對他語帶威脅的態度，瑛昭先是呆了一下，才琢磨著問了一個問題。

「季先生是討厭我嗎？」

「……這種時候難道不該先問我到底做了什麼才會無法轉世嗎？」

季望初難以理解瑛昭是怎麼想的，他暗自覺得，自己果然跟這種溫室裡養出來的孩子合不來，猜不透對方想法的感覺讓他很不習慣，他並不喜歡這種感覺。

「如果你希望我先問這個的話，那我就問了，季先生是因為什麼事情而失去轉世資格的呢？」

「等一下，你說得好像是我希望別人來挖我隱私，別隨便誤解我的意思！」

季望初顯得氣急敗壞，瑛昭則一臉無辜。

「我只是想尊重你，沒有想曲解你的意思。不然你想先回答哪個問題，讓你選？」

「你是故意的，還是不知道這種說話方式很讓人生氣？」

他這句話讓瑛昭露出了驚訝的表情。

「我真的不知道。季先生，就是因為我有這麼多不懂的事情，才需要你的指導啊。你說執行員都是沒有資格轉世的人，那我找其他執行員不也是一樣的狀況嗎？既然如此，我選擇你，應該沒有什麼問題吧？」

「沒什麼問題？問題可大了！」

季望初頭痛地繼續思考能用什麼理由拒絕，瑛昭也正在思考能用什麼方法說服對方。

其實，瑛昭是季望初的上司，理論上季望初不能拒絕瑛昭的任何要求，除非他不想當執行員了。然而，因為一些私人原因，他並不打算放棄執行員的身分，所以只要瑛昭堅持，他勢必得妥協。

「如果你不需要加薪，那麼你需要什麼呢？」

想來想去，瑛昭決定從利誘下手。聽了他的問題，季望初展現出來的態度依然是排斥與拒絕。

「無可奉告。你就當作我想放假好了，在這裡任職，我老是在加班工作，休假比誰都少，實在很不人道。」

「想休假？這個我可以想辦法。之前是因為你任務完成率最高，部門缺錢，才讓你一直加班的吧？現在我可以大量開啟任務，大家都可以做任務了，讓你安排合理的假期應該是沒問題，放心吧！」

瑛昭對工作的認真程度，季望初算是見識到了，儘管他還是很不想跟這位新來的上司扯上關係，但冷靜下來判斷局勢後，他也只能點頭同意，換個法子來對付。

「那麼我先下班了，明天可以開始休假嗎？」

「可以啊。」

「先前應該要休卻沒休的假，能補休嗎？」

「能。」

得到瑛昭肯定的答覆後，季望初笑著報出一個數字。

「部門積欠我的假期差不多是一萬零三百七十四天，瑛昭大人，我們二十八年後見。」

「……」

瑛昭無論如何也不會想到，部門積欠季望初的休假日居然會達到如此驚人的數字，他整個人僵硬了幾秒，才略帶慌張地站起來。

「季先生，關於你的休假，我們能不能再討論一下？」

「還要討論什麼？瑛昭大人想說話不算話嗎？」

季望初是認真的，他真的打算休假二十八年再來上班。雖然神的壽命無限，區區二十八年對神來說或許不算什麼，但瑛昭不可能等他二十八年硬要他教學，這期間瑛昭勢必得找別人來教，另外，二十八年過去，熱情應該也燃燒得差不多了，到時候瑛昭自然不會再來找他麻煩。

神的壽命無限，至於鬼只要不去投胎，壽命也一樣無限。季望初覺得自己耗得起，也不過就是二十八年沒薪水的生活罷了，鬼魂不吃不喝又不會死。

「不是的，只是——」

「那我先走了，已經過了下班時間，公司沒理由繼續留著我不放。」

很顯然，瑛昭不想當個苛刻的上司，因此面對公司制度相關的合理要求，他都不曉得該如何拒絕，只能眼睜睜看著季望初離開。

「算了，先來學習這個世界的手機跟網路怎麼用好了……」

來到這個世界後，瑛昭有許多不懂的東西，他認為將這些工具學好，也有助於之後管理第十九號部門，所以他很快就擱置了季望初的休假問題，專心研究起科技用品。

第三章

下班時間，對於在凡間任職的夕生與洛陵來說，就是修行的時間。夕生身為一隻修練成仙的狐狸，對自己的未來沒有什麼特別的期許，在他看來，成神這種遠大的目標，不是誰都能達成的，只會讓自己目前的生活過得很苦，因此他得到這個職位後，完全沒有認真修行的打算，頂多是吸取一些爛上司的神力挪為己用，絲毫不想靠自己的努力增進修為。

比起修行，下班後追劇看小說有意思多了。雖然這種事他上班時間也會做，但下班回家沒人監督，還是比較輕鬆愉快。夕生今天一回家就捧著平板電腦看起剛下載好的影集，不過他看沒多久，手機就響起了訊息通知音。

本來他是不想理會的，但通知音連續響起了好幾聲，好奇之下，他拿起手機看了一眼，一看立即從床上跳了起來。

洛陵：『瑛昭大人需要我們的聯絡方式，我拉一個群組，你們互加一下。』

第一條訊息是洛陵傳來的，接著他收到了群組邀請與暱稱「瑛昭」的用戶傳來的交友申請，為了避免怠慢上司，夕生趕緊解鎖手機，快速確認。

洛陵邀請他進的群組叫做「第十九號部門管理層」，他才剛進去，就看到瑛昭連續發了幾個訊息。

瑛昭：『夕生，你好。』

瑛昭：『我才剛開始學習使用手機，有很多不懂的地方，請多包涵。』

瑛昭：『關於季先生的事情，我有點煩惱，想跟你們商量。』

光是看到瑛昭傳來的這幾條訊息，夕生就倍感壓力，他馬上就傳私人訊息給洛陵詢問事情經過。

夕生：『瑛昭大人怎麼會有你的聯絡方式？』

洛陵：『他用神力跟我取得聯繫後，問我怎麼用手機跟我們聯絡，我就告訴他了。』

夕生：『……這樣我們下班時間也不得閒囉？』

洛陵：『你不是跟定瑛昭大人了？責任制，享受一下。』

都說文字沒有溫度，夕生覺得洛陵此刻回覆的文字就非常沒有溫度，或者該說，沒有溫暖。

由於群組那邊瑛昭正在輸入訊息，放置太久恐怕不妥，夕生只好切畫面回去看看。

瑛昭：『季先生說，他要補休之前部門積欠他的假期，我答應了，結果他說總共有一萬零三百七十四天……』

瑛昭：『他好像打定了主意要一次休完，這種情況下，我該怎麼請他回來上班呢？』

瑛昭：『他不要加薪，也不肯說自己想要什麼，你們知道他喜歡什麼東西嗎？我是不是該帶禮物去拜訪他，再誠懇地跟他談談？』

這幾行字的訊息量有點大，夕生呆滯了一會兒，才反應過來。

小季要一次放一萬零三百七十四天的假？開什麼玩笑！

季望初那精美的任務完成率，一直都是部門收入的保障，現在好不容易等到一個願意花神力多開任務的上司，要是機會都讓給完成率不怎麼樣的執行員，加薪發財的夢想不就無法達成了嗎？

夕生：『我們當然不能讓他休假那麼久！您是部長，告訴他不來上班就別幹了啊！他什麼都不怕，就是怕丟掉工作！』

依照夕生對季望初的了解，這一點應該是可以確定的。

瑛昭：『可是，這樣子變成我說話不算話還拿官位壓人，季先生會討厭我吧？』

瑛昭：『季先生是個很有能力的人，可以的話，我還是希望能跟他打好關係。』

看了瑛昭的想法後，夕生瞬間感到頭痛。

不想當壞人，又想達成目的，哪有這麼容易的事？

想是這麼想，但他不敢直接對瑛昭說出這種話，偏偏洛陵又只有已讀，沒有留言，恐怕也是靠不住。

夕生：『瑛昭大人，以我的智商可能想不出兩全其美的辦法。』

最後他決定投降。

不就是承認自己笨嗎？如果承認自己笨就可以安心去追劇，那承認一下好像也不吃虧。

瑛昭：『這樣啊……洛陵剛剛教了我一些網路的方便功能，你們覺得我可以去網路上發問，集思廣益嗎？有沒有什麼需要注意的事情？』

這個問題比剛才那個好解決多了，夕生想也不想就輸入一行字。

夕生：『如果您要這麼做，最重要的就是不要被人發現您是誰！匿名發問是面對陌

生人的基本自我保護！』

洛陵：『得到網友們的回應後，請不要照單全收，很多人是來亂的。』

瑛昭：『好的，那麼我去嘗試看看，謝謝。』

沒事了吧？可以追劇了？

夕生鬆一口氣的同時，忽然想起現在最嚴重的問題，應該是季望初要休長假的事，只要這件事不解決，他就無法徹底安心耍廢。

他向來作風直接，當即給季望初打了電話，想先了解事情始末。

『喂？』

「小季，聽說你要休一萬多天的假？你瘋了嗎？休假期間是沒有薪水的！你有這麼多存款能揮霍嗎？你可知道一萬多天沒錢花是什麼感覺？你為什麼要這麼想不開？」

季望初接起電話後，夕生隨即連珠炮般地問了一堆問題。

『這關你什麼事？』

「我是在關心你啊！」

『少來了，你只是擔心沒錢花吧，吸血狐狸。』

他的心思被季望初一語道破。

『怎麼，瑛昭大人跑去找你們商量嗎？你該不會站在他那邊出了什麼陰我的主意吧？』

「你這是什麼指責的語氣？事關部門能不能好好發出薪水，我怎麼可能站在你那邊？」

夕生先念了他幾句，接著就說出自己提供的意見。

「我請瑛昭大人跟你說，不工作就把你免職啊。這招對你來說應該有用吧？」

『喂！你們不要太過分了，有這樣硬逼人上班的嗎？』

「你先別激動，瑛昭大人又沒答應。」

『沒答應？為什麼？』

「他說想跟你打好關係。嘖，要是以前那些小神早就把你抓起來虐了吧？還跟你講道理呢。瑛昭大人不明白，對你心軟就是對自己心狠啊！對你這種人就是不要客氣，狠狠教訓一頓就是了，反正你就是欠打嘛，打一打就會乖了，你說對不對？」

『……』

「不說話啊？那我掛電話啦，休什麼二十八年，你是在找誰麻煩呢！」

夕生發洩完就切斷通話，然後他又關心起瑛昭那邊的進度，跟洛陵打聽一番後，就去瑛昭有可能使用的論壇搜尋，打算看看能不能找到瑛昭發的問題。

由於目標範圍不大，他很快就找到了。瑛昭的發問文章寫得很有禮貌，可惜，底下回應的人似乎都不太相信他的話，一律回答錢可以解決所有問題，如果解決不了就是錢不夠多，焦點幾乎都環繞在薪水上面。

「啊啊……瑛昭大人……」

夕生覺得自己已經比瑛昭還煩惱了。焦慮之下，他開始騷擾洛陵，但洛陵並不認為這件事有多嚴重，話不投機之下，最後他還是回去追他的電視劇了。

*

瑛昭操作著滑鼠，看著螢幕上的文字，輕輕嘆了一口氣。

大家都說給錢治百病，偏偏季望初就不吃這一套。

等待新回應出現的期間，他一面回覆留言強調這位員工真的不接受加薪，一面也回憶起自己父親的教誨。

他的父親璉夢上神，曾經跟他說過一句話。

『瑛昭，無欲則剛，過度執著於一件事或者一個人，那份「想要」的心會形成執念，不利於你的修行。』

那時候的他，只下意識反問了一個問題。

『所以，您才不挽留母親，直接同意分居？』

『……學習一下怎麼跟人聊天吧，我頭有點痛，不聊了。』

想著那句「無欲則剛」，瑛昭再次嘆氣。

是我太年輕了嗎？要怎麼樣才能無欲呢？

以神的資歷來說，三千年道行確實算年輕，不過這種想法要是讓季望初知道，大概又會翻白眼。

打開手機後，他沮喪地輸入訊息表示目前沒得到有用的意見，接著將自己在論壇上的發問文設定新回應提醒通知，就關閉了電腦。

他人還待在公司，時間已經接近半夜十二點。無可奈何之下，他開始把玩桌上的水晶球，試圖研究神力能不能拿來做更多的事。

反正自己的神力暫時沒有不夠用的問題，撥出一些來亂玩，應該沒有關係。

神力用來開啟任務，完成之後可以產生凡間的錢，那麼神力能不能直接透過水晶球變成錢呢？

瑛昭異想天開地決定進行測試。他一專心投入，就會無視時間流逝，跟水晶球培養感情的過程並不怎麼順利，直到天色微亮，他才勉強用水晶球變出一顆飯糰。

雖然距離理想中的結果有點遠，但無論如何，至少不是完全沒有收穫。瑛昭把飯糰吃掉後，繼續跟水晶球搏鬥，當上班時間開始，夕生過來拜訪時，他正好成功用水晶球變出一個沒什麼餡料的三明治。

「瑛昭大人，早安，您今天這麼早來上班……？不，您該不會沒有回去吧？」

夕生狐疑地開口後，很快就自己猜到了真相。

「呃，我……」

瑛昭正不知該如何回答，夕生就驚呼一聲，彷彿想到什麼很不得了的事情。

「您該不會無處可去吧？是我們疏忽了，您才剛下凡，在凡間一定沒有居所吧？神界是不會配給這種東西的，之前那些部長通常一來就壓榨部門，要我們拿出錢來讓他住飯店，您沒地方住怎麼不說呢！」

「我……」

瑛昭倒是沒想到還有住宿的問題要解決。他來報到那天，離開公司後，因為第一次下凡很興奮，他便隱身到處觀光，直到上班時間才回來，根本忘了自己需要一個居所。

「其實我沒關係，一直待在公司也無妨，這裡有電腦，要修行的話，空間也足夠大了——」

「這怎麼可以呢！住在公司也太慘了吧！這裡連床都沒有！」

夕生極力反對，於是瑛昭指出了一個問題。

「可是，公司現在有錢負擔我的住宿嗎？」

「……」

「在我來之前，你們已經領半薪很久，也就是說公司沒有餘款吧，我們首先要達成的目標應該是穩定發放正常薪水，我個人的住宿問題不是急需解決的事。」

因為薪水涉及個人利益，夕生頓時就無法堅持下去了。

「可是……住公司，再怎麼說還是……」

夕生的良心隱隱作痛著，遲疑許久後，他忍痛提出一個建議。

「不然您先去我那裡，跟我擠一擠？」

正常情況下，沒有人會想跟上司一起住，瑛昭看向夕生，不禁想起當初人事部說過的性騷擾，因而露出驚慌的表情。

夕生彷彿猜到瑛昭在想什麼，連忙補充了幾句。

「我雖然曾經是個狐狸精，但我已經成仙了，可以好好控制住自己！不管您長得再美，只要說好了我就不會對您做什麼，您可以放心！」

可惜他這番保證只讓瑛昭更慌亂，因為他動用能力偷聽了夕生的心音。

（什麼都不能做真可惜啊，不過瑛昭大人洗澡的時候也許可以偷看一下？就算只看到一點點也養眼嘛。）

聽到這種心音，瑛昭當然是不敢去的。如果不知道也就罷了，既然已經知道，實在很難安心地同意。

神、仙跟妖向來都是看上就看上了，不會在意對方是同性或異性，而瑛昭下凡來只想好好工作，自是要避開這類事情。

「夕生，謝謝你的好意，我不想打擾你下班後的休息時間。住公司對我來說沒問題的，找居所的事，等公司收入穩定了再說吧。」

「咦？但是公司沒有一般住家的機能啊，洗澡怎麼辦呢？」

他一提到洗澡，瑛昭就想到剛才聽到的心音，整個人都不好了。

「我會自己想辦法解決。好歹我也是個神，這種小問題就讓我自己處理吧。」

「好吧……我會替您多罵罵小季的！他真的太沒有良心了！」

夕生告辭後，瑛昭便花了點時間思考自己該怎麼解決洗澡的問題。隱身偷偷潛入別人家，或者旅館，借用過浴室就走？

身為一個神，居然要做出這種賊一般的行為，瑛昭心裡其實是不太能接受的。他只能不斷告訴自己，現在是以普通小神的身分在歷練，自己不是天奉宮的天之驕子，這是他自己選擇的，處理事情的能力不足，自然就得妥協。

因為想繼續研究水晶球的功能，瑛昭今天沒參與其他執行員的任務，只配合輸入神力給他們使用，就繼續自己憑空生錢的大業。

無中生有需要參照物，他發現自己還是創造食物比較拿手，持續練習到傍晚後，他終於能利用水晶球做出三種飯糰、四種三明治，一個禮拜都可以吃不同的早餐。

「要不要去賣早餐賺錢算了……？」

既然無法直接變出錢來，把變出來的東西拿去變賣，或許也是個賺錢的方法。不過這樣一來，他的凡間歷練似乎就變成體驗流動攤販的辛勞。因為錢而被逼到這種地步，是他下凡之前完全沒想過的。

這時，洛陵進來向他報告今天的情況。今天來上班的執行員一共有五名，目前一共開啟了十二次任務，其中十次在協商階段就已經失敗，沒有成功簽約，剩下兩次簽約了，執行員正在任務中，不曉得何時才會結束。

像季望初那樣一天就能結束任務的執行員，幾乎是不存在的。一般執行員一個月能跑的任務頂多就三個，由於下班時間快到了，沒進入任務的執行員明天才會繼續嘗試，距離部門賺到錢，似乎還要一段時間。

「我們會去靈界發布徵人的告示，希望能早日擴編部門。」

洛陵交代完今日事項後也說明了自己明天的工作，瑛昭點頭表示明白後，又問了一個問題。

「對了，可以告訴我季先生住哪嗎？我想去拜訪他。」

「您想直接去拜託他回來嗎？」

「不是，我只是想多了解他，也關心一下他的休假生活。」

「好的，我現在就將地址傳給您。保險起見，他的手機號碼我也給您，找不到人的話可以打給他。」

從洛陵那邊得到季望初的住址與手機號碼後，瑛昭打包了幾個飯糰跟三明治，心情忐忑地出發了。

直到現在他還是沒想到該怎麼做，純粹只是擔心季望初待在家裡那麼久不上班的話，會不會連吃的都買不起。

雖說執行員是鬼魂，但來凡間工作，就會有肉身，即使不吃飯不會死，應該也會餓得很難受。凡間到別人家拜訪，禮貌上可以帶些吃的，剛好他現在做出了一些食物，可以帶著去，以免空手尷尬。

今天頻繁使用神力進行實驗，雖然不到負荷不住，但瑛昭確實有點累，加上他想體驗一下凡間的大眾運輸工具，就沒直接使用神力瞬間挪移，而是跑去公車站等車。

無論是等車時還是上車後，都有很多人在看他。原本他還擔心是不是自己變出來的服裝在這裡其實是奇裝異服，才會如此引人注目，但在稍微使用神力偷聽路人的竊竊私語後，他才明白是容貌惹來的關注。

他的美貌在神界就已經是人見人誇的等級，來到凡間後，會讓人們為之驚艷也是很正常的事，很多時候，美貌會為他贏得第一印象的好感，然而這個優勢對季望初似乎不管用。

想到這一點，遭受挫敗的瑛昭深切反省了起來。難道以前大家對我的友好與包容，都是因為我的臉跟我背後的天奉宮？遇到不看這兩個條件的人，做起事情來就很難順利了嗎？

瑛昭在自我質疑中恍惚地下了車，搭公車的零錢還是跟洛陵借的。有手機的地圖導航，按照地址找到季望初的家並不難，然而看著眼前這間隱藏在巷弄間，外觀有如鬼屋的小房子，瑛昭實在不太確定這是不是能住人的地方。

「這應該是……公寓？透天？別墅？」

門口的電鈴只有一個按鈕，應該是獨棟的一戶。瑛昭再怎麼說都是個神，要是真的碰到鬼屋也不至於怕鬼，只是擔心找錯地方而已。

但嚴格來說，季望初就是鬼，他住的地方是鬼屋，好像也沒什麼不對。

雖然可以先用神力掃描一下屋裡的狀況，不過自小家教嚴謹的他覺得這麼做很沒禮貌，所以沒選擇這個做法。瑛昭抱持著懷疑的心情按了門鈴，沒過多久，陳舊的大門被打開，季望初探頭出來，一看到他，頓時吃驚得退後一步。

「你怎麼會來這裡？」

「因為部門拮据，平時薪水都發不太出來，我想了解你休假在家過的是什麼樣的生活，有點擔心你。」

瑛昭熟練地說出默背好的台詞後，見季望初神色古怪，連忙又補上一句。

「我帶了吃的！可以一起吃！」

瑛昭其實做了被趕走的心理準備，總覺得話一說完，季望初可能就會關上門，將他拒於門外，然而讓他意外的是，季望初皺著眉頭沉思幾秒後，讓出了可以通過的空間。

「進來吧。」

咦？我沒被拒絕？

瑛昭又驚又喜地進了屋，屋內的狀況倒是跟外面不同，雖然家具擺設有點陳舊，但看得出來有在維護，不是那種陰森鬼屋的樣子。他在玄關脫鞋後，走入客廳，按照季望初的意思先在沙發坐著等，這時他才想到，剛才應該用能力讀取一下季望初的想法才對。

說到底，他還是不太習慣依賴自己的讀心能力。在神界的時候，他的能力幾乎沒在使用，來到凡間就時常忘了自己可以使用能力，導致他錯失了很多得到情報的機會。

瑛昭坐下來後，仔細觀察了屋內的陳設。客廳色調偏重，掛了幾幅畫，使用的物品幾乎都不是現代風格，也不知布置時是依照季望初的個人喜好，還是生前習慣。

讓他意外的是，季望初讓他坐著等，居然是去泡茶。被當作正經的客人接待，使瑛昭有點感動，在對方也坐下後，他拿出了自己帶來的飯糰，接著馬上看見季望初一言難盡的表情。

「你帶來說要一起吃的食物，是飯糰？」

他古怪的語氣讓瑛昭以為是不合胃口的問題，於是瑛昭又拿出了三明治。

「不喜歡飯糰嗎？我還帶了三明治。」

同時，他終於記得使用能力讀取季望初的心音。

（這麼寒酸的食物？他到底是不是故意的？是在嘲諷我嗎？但他打算要一起吃……他該不會沒吃過什麼好吃的東西吧？）

這段心音讓瑛昭意識到自己可能失禮了，只是這種情況下，似乎沒什麼補救的方法。

「你是去便利商店買的？」

「啊，是我做的。」

腦袋一片空白的瑛昭，聽到這個問題後，反射性就直接回答，看見季望初一臉震驚的神情後，他趕緊再次讀心。

（有必要做到這種地步嗎？還是真的這麼窮？總不會是覺得親手做的才有心意吧？這個神到底是怎麼回事？）

讀到這種心音，瑛昭一時之間不知道該怎麼辦。

該澄清點什麼嗎？

可是他又沒說出口，要怎麼澄清？

「……我聽說公司沒有錢，既然沒錢也不用硬要帶伴手禮，瑛昭大人，這些錢你先拿去用吧，不用還我了。」

季望初一面說一面從皮夾裡掏出一疊鈔票，這畫面讓瑛昭發現一切好像跟自己想的完全不一樣。

原本以為員工不上班會沒有收入，過得很辛苦，結果人家隨便就能拿出大筆現金，生活似乎很滋潤，需要救濟的反而是自己。

而且……我是被同情了嗎？

他心情複雜地搖搖頭，拒絕了季望初的好意。

「我不能收你的錢，這是你辛苦工作存下來的吧，哪有白白給我的道理？」

「那就當作是我借你的行嗎！你說會把部門搞起來吧？到時候再還就行了！」

季望初想把錢塞進瑛昭手裡，但瑛昭依然不肯收。

「我沒辦法肯定什麼時候能還，錢你還是先留著吧。就算跟你借了，我也是優先拿去當薪水發給大家啊。」

聽他這麼說，季望初頓時無語。如果錢拿去當薪水發，那塞錢給瑛昭的確沒什麼意義，所以他將錢塞回皮夾，接著又問了一個問題。

「你是來勸我回去上班的嗎？」

「唔？不是啊，我剛才就已經說了，我只是來關心你的生活狀況，本來還想告訴你，如果缺吃的可以去公司，我可以弄些飯糰跟三明治出來，但你目前好像不需要？季先生，別擔心我說話不算話，我會等你二十八年的，公司那邊我再自己想辦法。」

「……」

在瑛昭認真表明立場，並希望對方不要誤會自己的來意後，季望初就像喉嚨卡了刺一樣，彷彿想說什麼又說不出口。

「……？」

瑛昭不曉得自己是不是又說錯話，偏偏剛才他又忘了讀心，現在已經讀不到什麼，只感受到季望初思緒一團混亂，也不知為何煩心。

「我收到你的慰問了，謝謝你的關心，我確實不需要公司支援我吃的。」

季望初繃著臉說出這樣的話，瑛昭瞬間理解為他在下逐客令。

「打擾了，那我就先離開……」

話說出口，他才想起自己來這裡還想藉由聊天多了解對方，但說出來的話無法收回，瑛昭忽然很想要倒轉時間的能力，這可比讀心實用多了。

「你不是說要一起吃嗎？」

沒想到季望初給了個台階，意識到局面還能挽回，瑛昭趕緊點頭。

「對啊！差點忘了，如果你不介意，我就再坐一會兒？」

「你離開之後要去哪裡？夕生說你沒地方去。」

夕生的爆料是瑛昭沒預料到的，他尷尬地僵硬了幾秒，才開口回答。

「回公司吧，公司沒什麼不好。」

因為不知道自己的回答是否適當，他發動了能力讀心，然後立即聽見季望初崩潰的心音。

（回公司？回公司？回公司——？）

（好好一個神為什麼過得這麼卑微！不是應該來當大爺嗎！是這傢伙誤會了什麼還是我誤會了什麼？媽的，這是要逼死誰啊！）

儘管他內心正在大吼大叫，表面卻依舊平靜，瑛昭看著季望初，覺得自己要裝作什麼都不知道，實在很辛苦。

「你……」

季望初開口後停頓了一下，才以不容拒絕的氣勢說出一句話。

「來都來了，既然你也沒別的去處，就在這裡留宿吧，我有多的房間。」

這是瑛昭今天第二次被人邀請同住，但氣氛相差甚遠。瑛昭有種自己拒絕會惹對方生氣的感覺，於是被一時的氣氛所惑，來不及讀心的他，就這麼鬼使神差地點了頭，直到季望初默默拿起三明治開始吃，他才意識到自己答應了什麼。

明明是擔心人家過得不好才過來探視，為什麼反而被收留了？

瑛昭感覺事情好像哪裡怪怪的，一直與自己的想像脫節，只好跟著吃起飯糰，並思考用什麼話題聊天。

他默默讀心讀了一會兒，才選擇好開場的問題。

「季先生。」

「嗯？」

「我覺得你好像不太想跟人扯上關係，但你還是因為我沒地方住所以收留了我，你真是個好人。」

「……麻煩不要說出這種會讓人沒有胃口的話，你讓我渾身都起雞皮疙瘩，別胡說八道！」

見他一副十分不適的模樣，瑛昭沒閉嘴，反而追問了下去。

「你好像不太習慣接受別人的好意與關懷，甚至也不喜歡被稱讚，為什麼呢？」

「沒有為什麼，停止這個話題！」

這次瑛昭記得要讀心，因此在季望初排斥地回答時，他也聽見了季望初內心的話語。

（哼，不就是這輩子都沒被人好好對待過嗎，有什麼好問的？所有人都一樣，只要我沒有利用價值就會把我一腳踹開，深交也是浪費時間精力，可是被關心又不能不領情，看這傢伙這麼慘，又忍不住想管一管，真是有夠麻煩。）

帶點彆扭的負面思考，直接曝露在瑛昭面前，讓瑛昭陷入了沉思中。

季先生好像……意外地很有良心？難道我應該賣慘？

可是要多慘才夠？已經沒錢吃飯、沒地方住了，如果上街叫賣，到底算不算更慘？真糟糕，我連想像力都不夠，很難想出還有什麼更慘的狀況……

「季先生，那……我能問問你跟以前的上司是怎麼相處的嗎？」

瑛昭對這點產生了好奇，季望初則露出了諷刺的笑容。

「公事公辦啊。不聽話就被懲罰，任務失敗也被罰，你期待聽到什麼？」

「任務失敗也被罰？那是不可控制的吧？本來就不可能百分之百成功啊。」

「哈哈，之前那些神不這麼想啊，只覺得我是故意浪費他們的神力，神力很寶貴的，任務失敗罪該萬死，就是該罰啦。」

季望初說得雲淡風輕，於是缺乏想像力的瑛昭又問了一個問題。

「是什麼樣的懲罰啊？扣薪水嗎？」

「你想聽細節？想學嗎？」

「當然不是想學！」

「我可以舉例幾種給你聽，你就當作是飯後的消遣吧。」

季望初翹著腳，雙手交握，往後靠到沙發背上，以一副相當閒適的姿態講述起了自己經歷過的懲罰，與歷任上司各自在施虐上的創意。

瑛昭一開始還處在震驚的狀態，隨著季望初的描述，他的表情漸漸凝重，不自覺地擺出很嚴肅的姿態。

「——那時候在倒吊的情況下，沒水沒食物大概過了五天吧，他還找了神界的朋友一起來出主意，說是想怎麼玩就怎麼玩，不會出事，我也只能在心裡罵髒話啊，執行員的地位就是這麼低下，沒管道可申訴，頂多只能辭職走人。」

說到這裡，季望初停下來喝了口茶，順便詢問瑛昭的感想。

「瑛昭大人，如何？這些折磨的細節有滿足你的好奇心嗎？」

瑛昭沒有回應這個問題。這是他第一次如此生氣。

「告訴我那些神的名字，他們會付出代價的。」

他面色沉靜地這麼說，季望初則笑了笑，沒認真看待。

「你想幫忙告發嗎？但他們都離開崗位了，神界又不重視第十九號部門，沒什麼機會追究吧？難道你天真地以為神界是個有公理正義的地方？」

「我知道神界不是那麼單純的地方，但這些你不用擔心，把名字給我就好。」

見瑛昭態度如此認真，季望初頓時沒了嘲諷的心情，他端坐起來，直視著瑛昭開始勸阻。

「瑛昭大人，你冷靜一點，那些王八蛋雖然是能力不怎麼樣的小神，但人家搞不好背後有靠山啊，你是不是沒出過社會所以都不懂這些複雜的環節啊？沒想太多就輕易行動可是很危險的，萬一碰到得罪不起的人，你有想過後果嗎？」

對於他這種把自己當成小孩來訓話的語氣，瑛昭一時啼笑皆非，不禁開始思考自己在季望初心中到底是什麼形象，他們雙方似乎都對彼此有很深的誤解。

不過，季望初這番話是在關心他，這點他還是知道的。這個人對自己遭受過的不合理待遇一笑置之，沒想要別人幫他討回公道，只怕連累討公道的人，這樣的品性，到底為什麼會被判不能轉世呢？他生前究竟做了什麼？

「我不問就是了，聊點別的吧。」

因為不想說明自己的背景，瑛昭沒繼續詢問之前那些上司的身分，當然，他另有想法。

從季望初這裡問不出來，他可以去問夕生或者洛陵；要是那邊也問不出來，大不了回神界查。第十九號部門的任職紀錄不是什麼不能公開的訊息，以他的能耐，從第一任到前任都查個清清楚楚，是非常簡單的事。

聽瑛昭說不問了，季望初便安靜下來，顯然沒有主動找話題聊天的意思，他似乎對瑛昭一點也不好奇。無奈之下，瑛昭便繼續發問。

「季先生在第十九號部門待了多久啊？」

「沒在算，誰知道那種事情。」

「但你卻清楚記得自己被拖欠了多少天的假期？」

「……」

他的沉默讓瑛昭覺得是個讀心的好時機，果然一讀之下，馬上有驚喜。

（靠！會不會聊天啊！我說沒在算就是懶得回答的意思，才不是真的不知道！我就天生過目不忘，怎麼會不曉得自己待了多久，只是不想理你，能不能稍微讀一下空氣啊！）

說是驚喜，是因為他又多知道了季望初的一個特點：過目不忘。對神來說，想記住經歷過的一切，只要動用神力就能達成，但對凡人來說，這可是萬中挑一的天才，對學習各種技能都有很大的幫助，也難怪他執行任務時能那麼得心應手。

而他惱羞成怒的心音使瑛昭忍俊不住，果然季望初立刻就瞪了過來。

「笑什麼？」

「沒、沒什麼，季先生為什麼會一直待在這裡呢？聽說你時常在積分快滿的時候故意犯錯，難道你是為了幫助更多鬼魂才留下來的？」

瑛昭快速轉移了話題，季望初則再度露出不屑的神情。

「別把我想得那麼高尚，我沒有那種捨己為人的精神，你搞清楚，我是沒有轉世資格的罪人，可不是什麼聖人。」

說話的期間，瑛昭一直同步讀心，但季望初並沒有思考任何相關的事情，只讀到一些「笑死人了」、「這傢伙以前是不是活在只有好人的世界」之類的話。

「所以，到底是為什麼——」

「停！別再打探我的隱私，我不想說，行嗎？我沒興趣談心，也沒有要開誠布公探討人生的意思，三明治我吃完了，感謝招待，你可以在一樓活動，沒問題的話不要上來打擾我。」

季望初說著，向瑛昭指了睡房、浴室跟飲用水的位置後，沒等他反應過來，就自己上了樓。

瑛昭因為沒能聊到多少而感到失落，不過今天來這一趟，已經有了不少收穫，他認為自己應該知足。

今晚有地方可以光明正大地洗澡，不用偷偷潛入陌生人家裡，這似乎是值得慶幸的事。其實神幻化出來的肉身和一般人類不同，理論上不洗澡也不會怎麼樣，但瑛昭覺得下凡就該入境隨俗，加上他很喜歡淋浴與泡澡，才將洗澡當成必須做的事。

此外，只要神力維持運轉，他也可以不眠不休。只是，凡間的肉身不眠不休太久還是會有點累，於是他洗完澡便決定上床休息，睡個好覺。

次日，瑛昭在上班時間前一小時醒來，走出臥室後發現外頭桌子上擺好了早餐，只有一人份。季望初不曉得是在樓上還是外出了，只在桌上留了張「多做的，不收錢」的紙條，如同怕他心裡會有負擔一樣。

不過，早餐豐盛的程度完全足以戳穿他拙劣的謊言，如果是不小心多做了，不可能會有這麼多，多到瑛昭根本吃不完，只好打包帶去公司，分給夕生跟洛陵。

「怎麼有這麼多好吃的？瑛昭大人，您不是沒有錢嗎？」

夕生望著桌上這些色香味俱全的餐點，一臉呆滯。

「這是季先生做的，我吃不完，覺得太可惜，就帶來跟你們分享。」

瑛昭老實說出食物的來歷後，夕生瞪圓了眼睛，神情十分悲憤。

「我認識他這麼久，他從來沒請我吃過東西！這傢伙居然也學會討好上司了嗎？您說服他回來工作了沒？」

「我沒提到這件事耶。對了，夕生，你覺得季先生是不是……人家說的那種刀子嘴豆腐心？」

「什麼刀子嘴豆腐心？他只有刀子嘴啊！哪來的豆腐心，要不是他心腸這麼硬，我需要一直打電話罵他嗎？」

因為夕生不認同他的說法，瑛昭就沒繼續糾纏，轉而向洛陵提出一個要求。

「洛陵，我需要一份名單，過去在這裡擔任過部長的神與他們在職的時間，麻煩你整理給我。如果其中有人在職時行為不當，幫我在上面備註一下。」

「沒問題。冒昧請教，您要這份名單的目的是……？」

面對洛陵的詢問，瑛昭微微一笑，淡淡回答了一句。

「等哪天有空回神界就交流一下。」

嘴巴上這麼說，他心裡想的卻是「敢這樣欺負我的部下，也要看我同不同意」。

向來謙和待人的天奉瑛昭，昨晚聽完季望初的大略描述後，便有了個決定：即便得破天荒當一回仗著父母勢力不講道理的紈褲子弟，他也要將這些敗類從神界除名。

第四章

分享完食物、交代完事情後，瑛昭回到辦公室，正想繼續研究水晶球，卻忽然聽見手機的提示音。

他拿出手機看了一眼，原來是自己發的那篇求助文有了新回應。如果不是收到提醒，他根本就不記得要回去論壇確認。

打開電腦後，他找到自己發文的頁面，新回應只有一個，也只留了一句話。

心情差：『不要管上面說什麼，你再去找他一次，叫他回去上班，他就會答應了，信不信隨你。』

這篇留言的語氣，莫名有點熟悉。

瑛昭揉了揉眼睛，覺得是自己想太多，季望初沒道理知道他在這裡發了一篇求助文，又怎麼可能會來回應？一定是自己太在意這件事，才會草木皆兵。

可是，如果夕生嘴巴很大地跟季望初提過呢？

想要確認，最簡單的辦法就是按照留言去做。原本打擾了一天後，瑛昭不好意思厚著臉皮繼續借住，但現在看來似乎得再去一趟。

想歸想，他還是遲遲無法下決定。

萬一是他會錯意呢？會不會讓季望初覺得自己賴上他了，很不要臉？

再三斟酌後，他打算打電話問，這樣好像可以迴避掉他設想的那些尷尬。

『喂？』

「季先生嗎？我是瑛昭。」

電話接通後，瑛昭才剛報上名字，季望初就大呼小叫了起來。

『你怎麼會有我的手機號碼！是誰出賣我！不只是地址，連手機都給？』

「呃，我連你家都住過了，拿到你的手機號碼這件事有這麼嚴重嗎……？」

瑛昭不能理解季望初的反應為何會這麼大，他提出了疑惑，卻換來一陣沉默。

難道這又是個不該問的問題？是不是會讓他尷尬的問題都不能問？

瑛昭覺得自己好像懂了些什麼，至於能不能辦到，那又是另一回事了。

「季先生？你還在聽嗎？」

『我在。』

季望初沒好氣地應了一聲，看似已經不打算追究前面那個問題。

「我有件事情想問你，就是、啊！」

瑛昭說到這裡，差點不小心問出「你有沒有上論壇留言」，咬到舌頭後，才急忙改口。

「就是，你願不願意回來上班啊？」

『……』

怎麼又沉默了？難道真的猜錯了嗎？

瑛昭忐忑不安地想著還能說什麼話補救，這時，季望初的聲音從電話中傳來。

『你能不能有點誠意，打一通電話來就想要我回去上班？這種事情不是應該當面邀請嗎？』

聽這語氣，似乎有商量的餘地，瑛昭立即眼睛一亮，精神都來了。

「原來有這種禮節需要遵守嗎？那我現在就過去，你是不是在家裡？」

『……你為什麼總是可以把別人的話解讀得如此……我真是不知道該怎麼跟你講話……』

季望初充滿懊惱與挫敗的無力語氣，讓瑛昭一瞬間不曉得該接什麼話。

以前父親也總說他很不會聊天，但他並不明白怎麼做才能改善。

「季先生，抱歉，雖然這樣說好像沒什麼意義，但我真的沒有惡意。」

『真是謝謝你的補充說明，確實沒有意義。』

「唔……那我可以去找你嗎？關於你的休假，我們是不是還能討論看看？」

『不用了！你待在公司就好！』

聽到這裡，瑛昭以為談判破局，立時沮喪了起來。

「好吧，打擾了，是我太心急，就當我沒說過吧。」

『什麼叫做當你沒說過！搞什麼，這麼輕易就放棄？我叫你待在公司，意思是我現在就去上班，不用來找我商量了！』

季望初吼完這些話就掛斷電話。

雖然被無禮對待，但這次瑛昭沒想計較，反而很高興。

太好了！季先生肯回來上班了！他果然是個好人！我是不是該準備點什麼來歡迎他？

其實之前季望初完成任務後，公司是有一筆錢進帳的，然而瑛昭認為籌出員工薪水是最重要的事，所以不打算動用。眼前他能利用的只有水晶球，於是他又開始努力用水晶球做食物。

想要在短時間內精進使用水晶球的技術，是有點困難的事情，結果季望初進辦公室時，看到的就是滿桌的三明治，讓他愣得呆立原地，與瑛昭互看了幾秒才錯愕地發問。

「這堆三明治是怎麼回事？」

「呃……口味都不一樣。」

瑛昭一時詞窮，難以解釋桌上為什麼會有這麼多三明治，他這句話則讓季望初產生了一點誤會。

「你不能因為想吃各種不同口味就買這麼多食材啊！你吃得完嗎？不是才說公司沒有錢，沒有錢還這樣亂花？」

「不是的，這些不用錢！」

因為不想被當作亂花錢的愚蠢上司，瑛昭迫不得已，只好老老實實解釋了三明治的來歷。

「我還在研究能不能變出更有用的東西。因為目前只能做三明治跟飯糰，你好像不喜歡飯糰，我想弄點吃的歡迎你回來上班，練習中就做了這麼多出來……」

瑛昭一面說一面也覺得自己的行為挺蠢的，他想知道季望初的看法，便讀了心。

（這傢伙真的跟以前那些神不一樣，感覺好棘手啊……）

心音是讀到了，但瑛昭不懂「棘手」是什麼意思。

跟以前的上司不一樣，這樣不好嗎？季先生為什麼一副很困擾的樣子？

「心領了，我不餓。」

「啊，對了，早上的早餐很美味，謝謝你特地為我準備。」

此話一出，季望初就像貓被踩了尾巴一樣，反應激烈。

「都說了是多做的！不是特地做的！」

「喔……那謝謝你特地多做——」

「不要再道謝了！開始任務吧！」

要立即開啟任務，瑛昭當然沒有意見，將神力輸入水晶球後，他滿懷期待地開了口。

「這次季先生要帶我看什麼難度的任務呢？」

「……我有說要帶你看嗎？我只答應回來上班吧？」

聞言，瑛昭因為自己會錯意而僵了僵，季望初則隨手抓起一個三明治，丟下一句「那些基礎的東西麻煩你自己找別人學」，便愉快地離開辦公室。

無奈之下，瑛昭只好打給洛陵，要求他派一個正在開始任務的執行員過來，看能不能先學一點相關知識。

沒過多久，有人敲了門，進來的是先前瑛昭見過一面的青年，名叫王寶華。根據洛陵的介紹，王寶華是部門的新人，才來一年左右，任務成功率大約是百分之十，在執行員裡是墊底的。

洛陵說，讓瑛昭體會一下，做個對比，瑛昭對此也沒有意見，打過招呼後，他就請王寶華開始執行任務。

「瑛昭大人，我的業務能力比較差，也許會浪費您的神力，讓您感到失望，如果您不介意的話，我就召喚一個最低難度的靈魂過來？」

瑛昭第一天來報到時，就撞見過王寶華進行任務的場面，當時他們看起來談得很不順利。瑛昭有點好奇那次任務的結果，便問了一句。

「我們初次見面時，你約談的那個鬼魂，後來有成功簽約嗎？」

「沒有呢，初哥帶您去報到後，回來把那個鬼罵了一頓，說他貪得無厭，即使我們有能力滿足他的願望也不會理他，然後就把他驅逐回靈界了。唉，我就是沒有初哥這種魄力，總是想著浪費的神力很可惜，所以能簽就簽，我真應該跟初哥好好學習。」

聽他初哥來初哥去，瑛昭不由得心生疑惑。

他不是不喜歡你這樣叫他嗎？怎麼你完全沒有要改的意思啊？

瑛昭沒直接問出口，反倒是從王寶華話語中的資訊得到了一些靈感。

「對了，既然我可以幫你們開很多次任務，是不是就能篩選靈魂啦？反正我能開啟的數量，你們也執行不完，不如不值得幫助的就直接送回去，這是可以的嗎？」

他說出來的話，超乎了王寶華的認知，王寶華訝異地呆愣了幾秒後，問出了一個問題。

「可是，瑛昭大人，您要怎麼知道對方是不是值得幫助呢？」

「這……不是可以看到他的一生嗎？」

「簽約之後才能看喔，簽約前只能聽對方講。」

瑛昭直到此刻才知道這個狀況，因而面露疑惑。

「這樣的話，如何分辨出任務難度呢？就只憑鬼魂的講述嗎？」

「我不清楚呢，您可能得問別人。」

從王寶華這裡問不到答案，瑛昭只好作罷，讓他開始任務。

王寶華第一個召喚出來的靈魂是個老太太，老太太的願望也很單純，她希望能回到年輕的時候，給自己老公生三個以上的孩子。聽完這個願望，王寶華頓時臉垮了下來。

「孩子不要用生的，用領養的行嗎？」

『什麼？當然不可以！自己生的跟領養的怎麼能比！我是要給我老公留下正統的血脈傳承，你到底懂不懂啊！』

「那……幫他找別的女人生呢？」

王寶華此話一出，老太太瞬間暴怒。

『我又不是不能生，為什麼要找個狐狸精來替他生！』

「還是說，我們簽自己上場的約，妳自己上，我們從旁輔助？」

『我就是鬥不過他外面那些女人才含恨而終啊！你們這些年輕人到底是怎麼回事，工作都不想自己做嗎？』

他們談到這裡，瑛昭終於忍不住介入了。他先暫時隔開了鬼魂，才轉向王寶華發問。

「阿寶，怎麼回事？她的要求很過分嗎？為什麼不能答應她呢？」

「唔，怎麼初哥是季先生，我就是阿寶？」

瑛昭稱呼上的落差，王寶華似乎有點介意。

「因為季先生這樣喊你，我就跟著喊了。」

對瑛昭來說，在上司對部下的前提下，他喊「先生」多少有些尊敬人才的意味。以季望初表現出來的能力，確實值得這個尊稱，至於王寶華……目前他還沒看出對方有什麼值得敬佩的地方。

「好吧，總之，再怎麼說我也是個男人啊！要我用女人的身體去幫別的男人生孩子，而且還生三個！這種事情我哪可能辦得到啊！」

王寶華的說法，讓瑛昭愣了愣。他從來沒深入想過這類事情，現在乍聽之下，也覺得很為難執行員。

「那……如果是季先生遇到這種任務呢？他會怎麼處理？」

「噢，初哥就是這點厲害，才讓人想喊他一聲『哥』啊，只要是任務，無論是跟女人上床還是跟男人上床，他都無所謂，真神人啊。至於生孩子，我就不知道他有沒有接過了，但是以初哥的敬業程度，說不定他還是肯做吧？」

聽了王寶華這番話，瑛昭對季望初的尊敬瞬間又上升到了新高度。

季先生真是太了不起，這些事情也能做！我需要跟季先生學習的事情果然還有很多，呃……不過，如果是這種獻身的精神，我還是算了，我真的不行……

「那麼，我們就先把這位老太太送回去？雖然對她很抱歉，但就如你所說，這樣的條件對執行員來說比較困難。」

見瑛昭一臉歉意，王寶華提了個建議。

「或者您要請初哥來做？」

「請他來做？」

瑛昭內心頓時充滿糾結。

請他來做……要怎麼跟他說？「季先生，能不能來幫忙生個孩子，要三個」，這樣嗎？怎麼好像有種說不出口的感覺啊，這要求好尷尬。

「還是送回去好了，別打這種主意。希望老太太會自己想開，願意去投胎。」

「真的不要嗎？好可惜，真想知道初哥會不會願意生孩子。」

聽到這種帶點惡趣味的話，瑛昭對王寶華的印象立即下滑不少。

自己不想做的事情就推給別人，還等著看好戲……這很不道德吧？

想到執行員都是不具備轉世資格的靈魂，瑛昭才平復情緒，沒出言指責。

難道執行員裡面只有季先生人品是好的嗎？是不是不要抱持期待，之後才不會太失望？

這個認知讓瑛昭的心情有點悶，將老太太的靈魂送回去後，他想了想，沒有要求王寶華再次執行任務。

「能跟我說說季先生的事情嗎？我們聊聊跟他有關的事？」

「喔！好啊，初哥的事問我就對了，雖然我是新人，但我可是跟很多前輩打聽過的喔！」

於是，王寶華就這麼滔滔不絕地說了起來。

「初哥可以說是第十九號部門的傳奇，沒有什麼任務是初哥無法完成的，只有他不想完成的而已。他身負的技能五花八門，聽說都是休息時間跟任務中學的，我要是有初哥十分之一的努力，業績一定能翻倍吧——」

「按照初哥自己的說法，有些任務他是真的沒辦法完成，不是故意失敗，但之前的上司好像都不相信。比方說有一個案子，初哥進行到最後，只要把委託鬼魂的仇人家裡五歲的小兒子殺掉，任務就能完美達成。初哥都已經找到那孩子所在的孤兒院，偏偏就是不下手，上司當然會覺得他是故意破壞任務、浪費神力啊。」

「還有啊，別看初哥那個樣子，他雖然時常擺臉色，講話也常常很難聽，但其實人很好的，很多事情他嘴巴上挑剔嫌棄，嫌一嫌還是會幫你，總之臉皮厚一點就對了，百試百靈！」

王寶華說了一堆話後，瑛昭對他的看法又稍微變動了。

咦？這樣看起來，他好像只是單純崇拜季先生？……所以他剛剛真的只是好奇季先生會怎麼處理生孩子的問題嗎？但他講述殺小孩任務時的語氣跟立場還是不可取，我到底該怎麼評價這個人呢？要不要讀心看看？

儘管自己未必會跟每個員工都有大量交集，瑛昭還是覺得身為上司，多了解一下員工比較好，所以他開啟了能力，同時發問。

「一開始你是怎麼想到要厚著臉皮找他幫忙的啊？一般看他很凶，就會打退堂鼓不是嗎？還有，你是不是很尊敬季先生？」

「喔，因為一時之間找不到別人能幫忙，只能纏著初哥啊，沒想到糾纏一陣子之後他真的肯幫忙，而且每次都這樣，後來就知道怎麼做了。」

（本來是想說他會不會翻臉揍人啦，要是真的翻臉了剛好可以打一架，只要他先動手，我就是正當防衛。我本來都計劃得好好的，沒想到他居然跟我想的不一樣，當時真的很無言，整個都沒勁了——）

王寶華的聲音與心音同時響起，這心口不一的狀況讓瑛昭為之一愣。

「至於您問的第二個問題……我當初很尊敬初哥啊，初哥是全部門的偶像吧，只要能得到他的指點，任務成功率就會上升呢！」

（雖然好人比腦衝的笨蛋要好一點，但都一樣無趣，啊，想當初季望初瞪我的眼神還能讓我感到興奮，他為什麼不能表裡如一呢？好失望啊，能力強大又高傲的形象明明比較適合他，要是他可以把我踩在地上教訓該有多好？到底什麼事情才能真正激怒他呢？）

一連串的心音聽下來，瑛昭整個人都不好了。

同樣是表裡不一，王寶華不同於季望初表裡不一的方向……讓他很難接受。

這種與光明背道而馳的想法，瑛昭雖然排斥卻又無能為力。

我該怎麼做？一樣當作沒聽到？要教育他一下嗎？可是用講的也沒有用吧？

「那……你對我有什麼想法呢？」

瑛昭心情複雜地問出這個問題。雖然不太想聽到答案，但如果對方懷有惡意，還是提早知道比較好。

「您是百年難得一見的好上司啊，我們部門有您在，一定很快就能發展起來！」

（瑛昭大人也是個無聊的好人，不過至少賞心悅目嘛，我本來以為季望初跟夕生已

經夠耐看了，沒想到世界上還有更好看的男人，在神界真的不會被誘拐欺騙嗎？有這樣的美貌，應該很危險吧？）

從心音聽來，王寶華對他應該沒什麼興趣，頂多是關注他的外貌而已。最後那句疑惑，似乎還帶著幾分擔心，看樣子也不能完全將他定調為壞人。

那麼，應該當成喜好比較特別的員工嗎……

「你說你知道很多季先生的事情，那你知道他為什麼積分快滿就會故意犯錯，一直留在第十九號部門嗎？」

這個問題，從季望初那裡得不到答案，所以瑛昭抱持一絲希望問了，看看能否從王寶華這裡得到線索。

「這……初哥從來沒說過為什麼呢，我們都有問過，但他硬是閉口不談，每個人都有自己的祕密，大家也就沒追問到底。」

因為瑛昭本來就覺得很難問到答案，這樣的結果在意料中，心情沒怎麼受影響。

「那麼，你知不知道他之前都是犯了什麼錯才導致積分清零？」

「噢！這個我多少知道一點，聽說是在靈界犯了事。瑛昭大人應該知道我們執行員可以有條件地往返靈界吧？初哥好像每次都是在靈界闖禍後被清光積分的，我聽夕生大人跟洛陵大人討論過，詳情您可以問他們。」

靈界？

瑛昭對靈界的了解不多，只知道靈界在神界的管轄範圍內，主要功能是收容鬼魂，其他細節他並不清楚。

「知道了，那你繼續做任務吧。」

「是！這次我找個男的鬼魂吧，至少應該不會叫我生孩子。」

王寶華回答的聲音很有精神，但他的心音截然不同。

（**啊？還要做啊？真麻煩，我的業績這麼差，為什麼要找我，讓我混吃等死不行嗎？而且老是遇到一些不自量力又貪婪的鬼，真的很不想做耶……**）

有夠沒幹勁的。

瑛昭在王寶華身上又多貼了一個標籤，直接把他放入不良員工的分類中。

這次王寶華招來的鬼魂是個中年男子，王寶華講完既定的開場白後就開始詢問他的願望，對方說自己意外出車禍死亡，死後覺得自己規規矩矩了一輩子，什麼花天酒地的事情都沒幹過，很不甘心，所以想要吃喝嫖賭都玩爽了再去投胎。

怎麼又是這種不思進取的墮落願望啊？凡間的男子難道都是這樣嗎？

瑛昭覺得再這樣下去，自己也要沒幹勁了。

「既然你有這樣的願望，要不要跟我們簽自己回到過去的約？吃喝嫖賭這種事情還是要自己體驗才會爽吧？」

王寶華的提議看似是替對方著想，但瑛昭讀了他的心，事實上他只是嫌麻煩不想自己跑過程而已。

『不、不行啊，我沒有這種經驗，不知道該怎麼開始，而且萬一出去花天酒地被我老婆發現怎麼辦？我不要自己面對這些！只想旁觀！』

鬼魂慌張地表示自己辦不到，於是王寶華的心音又開始嫌棄他有色無膽，顯然非常瞧不起對方。

「所以，你想要看起來像個歡場老手，把存款拿去花天酒地，又不希望被老婆發現？可是你剛剛說，你的身家都是給老婆管理，這樣一來根本不可能不讓你老婆知道啊，為什麼不乾脆離婚再去做這些事情？」

『離婚再去做就沒有那種偷偷摸摸做虧心事的感覺了啊！如果偷印章，或是把存摺藏起來，總是能瞞住我老婆一陣子吧！』

聽到這裡，不只是王寶華，就連瑛昭也瞧不起這個鬼了。

現在退貨還來得及嗎？能不能不要做了？……可是完成任務公司才有錢進帳，如果這個任務還算簡單，是不是姑且做一做？雖然不怕浪費神力，但是一直沒簽約成功的話也是浪費時間，每個月的時間就只有這麼多啊。

才來公司上班沒幾天，瑛昭就已經學會了向現實妥協，他實在不曉得這是不是好事。

「其實你只是想體會背叛老婆的感覺嗎？你真正不甘心的事情，是不是被老婆管得死死的？」

王寶華做出了這樣的猜測，試圖揣摩鬼魂的心理。稍早前王寶華也向瑛昭解釋過，鬼魂一開始說出的心願，未必是真正的願望，所以交談過程中還是要盡可能套出他們的真實想法，簽約的機率才高。

『什麼被老婆管得死死的！我沒有！才沒有！』

鬼魂虛張聲勢地大聲否認，卻不知將讀心目標從王寶華轉到鬼魂身上的瑛昭，已經看穿了他的心事。

膽小怕事。怕老婆又想找女人。自卑又不容許人戳到痛處。因為沒玩到也沒從老婆那裡找回面子導致不願意去投胎。

瑛昭原本已經打算妥協，此時又不禁思考，要不要直接退貨，反正想賺錢也是可以去賣飯糰和三明治。

「好吧，那你想要我幫你去找女人幾次？既然你是用看的，你也爽不到，應該不需要上床吧？賭博還需要嗎？」

王寶華以公事公辦的態度詢問條件，但他的話又刺激到對方，使得鬼魂反彈，最後，這個案子依舊沒談成，瑛昭倒是鬆了一口氣，只是精神十分疲憊。

「抱歉，瑛昭大人，我又失敗了，浪費了您的神力。」

經過讀心，瑛昭知道王寶華其實一點也不感到抱歉，只覺得是鬼魂自己的問題，而且他已經想下班了。

現在距離表訂的下班時間其實還有一小時，不過瑛昭也累了，當即決定結束今天的旁觀。

「今天先這樣，你去休息吧。」

「好的，瑛昭大人如果之後還有需要，歡迎隨時找我。」

如果沒讀過心，瑛昭還能沉浸於員工親切熱心的假象中，但他已經讀過心，因此當下只能勉強擠出微笑，跟王寶華說再見。

「還是研究水晶球吧……我就不信只能做出飯糰跟三明治。」

瑛昭用他修長的手指戳著水晶球，很快就再次投入無中生有的造物大業。

專心做事的時候，瑛昭對外界的感知會大幅降低，他將全部的心神都用來控制神力，只想著要創造出更有價值的東西。就在他屏氣凝神調整神力的型態時，有個聲音傳入了他耳中。

「喂！瑛昭大人！你有沒有聽到我的話啊！」

會這麼沒禮貌喊他的人，只有季望初。瑛昭回神時，季望初正在他面前揮手，測試他有沒有反應。

「聽到了，我剛剛是在跟水晶球交流……啊，又是飯糰。」

瑛昭回答後，看向自己的左手，一見到熟悉的飯糰，立即面露沮喪之色。

「……」

親眼看到瑛昭變出飯糰，讓季望初的臉抽動一下，像是不知該如何評論眼前這一幕。

看見他這樣的表情，瑛昭覺得他心裡一定又在想什麼了，連忙讀心。

（這傢伙到底多堅持要弄出吃的？是不是很餓？他難道就不曉得顧慮一下自己的形

象嗎？明明是個不食人間煙火的貴公子，至少變個西式餅乾之類的東西吧，飯糰搭起來一點也不配！）

季望初的心音聽起來很崩潰，想想他家中的擺設與早上餐點的擺盤，瑛昭默默確定了他對美感的在乎。

飯糰真的很不搭嗎？還是這個飯糰看起來太寒酸？

瑛昭苦惱了兩秒，就決定先放下這個疑惑，詢問季望初的來意。

第五章

「季先生，你過來找我，是有什麼要緊的事嗎？是不是任務做完了，需要神力開啟下一個？」

瑛昭對季望初的能力很有信心，在他看來，季望初一天就完成一個任務也是有可能的事。

「你知道已經超過下班時間了嗎？任務是做完了，但我不是工作狂，哪可能下班後還來找你開任務啊？」

「咦？」

瑛昭聽他一說，才轉頭看時間，發現現在已經是晚上八點。

「已經八點了？季先生怎麼還在公司啊？」

「還不是在等你嗎！天曉得你為什麼一直不走出辦公室，我才進來看看啊！」

「等我？為什麼要等我？」

「你知道下班該做的第一件事是什麼嗎？」

「是什麼？」

瑛昭傻傻地反問。

「離開公司啊！別告訴我你又打著睡公司的主意！」

聽季望初這麼問，瑛昭下意識就點頭回答了。

「是啊，當然是睡公司，已經打擾你一天了，總不能……」

眼見季望初的臉色越來越陰沉，瑛昭一時不知該不該把話說完。

「東西收一收，跟我回去，快點。」

這種沒得商量的語氣，讓瑛昭遲疑了一下，才放棄掙扎，乖乖配合。

他沒有什麼行李要收，頂多就是打包桌上的飯糰而已。此時他看見桌上的水晶球，登時想到要是把水晶球一起帶走，就能隨時練習了。

但在他拿起水晶球後，季望初便挑眉質疑。

「你帶這東西要做什麼？擔心晚上沒吃的？」

「……」

到底該怎麼澄清這個誤會？我不是想變出食物，我的初衷是利用神力開發其他賺錢的管道啊。

「季先生，我——」

「晚餐我會負責！水晶球就不用帶了，走吧！」

我帶水晶球真的不是因為我會肚子餓啊！真的不是！

經過這兩天的相處，瑛昭多少有一點心得。這種情況下，如果他澄清誤會，糾正季望初，季望初多半會因為下不了台而惱羞成怒……權衡考量後，瑛昭覺得自己默認可能是比較好的選擇。

但他還是想做點最後的抵抗。

「季先生，我跟水晶球交流，不只是想變出食物，我也還在研究更多元的神力使用方式……」

「那種事情等你上班再做吧！下班了就不要把工作帶回家，下班是休息時間！」

「只要能讓第十九號部門快速成長起來，我可以不要休息也沒關係——」

「身為長官不要那麼社畜！麻煩你下班！」

在季望初的激烈反對下，瑛昭無可奈何地放下水晶球，跟著他一起離開辦公室。

既然要帶他回家，車錢自然也是季望初出的，原本他們打算搭公車，但瑛昭出色的容貌引來太多人關注，季望初嫌煩，就拉著他叫了計程車。

「季先生，搭計程車太奢侈了，這樣不知道可以搭幾次公車啊。」

車上，瑛昭低聲對季望初這麼說。同時他也覺得，神界的父母一定沒想過，自己有朝一日會說出如此小家子氣的話。

以前他過的日子，可說是買東西都沒在看價碼，錢不夠自然有人給，而現在……不說也罷。

「又不是你出錢，擔心這麼多做什麼？」

「季先生，有存款也不是這樣花的啊……」

「老子都有休假二十八年的底氣了，還差這點錢？別瞎操心了，與其擔心我，還不如擔心你自己！」

搭計程車回家比公車快多了，到家後，季望初脫下大衣，隨手掛在沙發上，說了一句「我去準備晚餐」，便直接去了廚房。

那我呢？就坐在這裡當大爺？雖然我是上司，但這樣還是說不過去吧？

瑛昭在客廳坐一陣子就坐不住了，他試圖去廚房幫忙，然而腳都還沒踏進去，季望初就出言趕他走。

「外行人別來添亂！你實際動手下廚過嗎？沒有吧？」

「我只是想幫忙——」

「那我還得先教你怎麼幫忙，太麻煩了！出去乖乖等！」

於是，瑛昭只好放棄爭論，坐到廚房外的餐廳區，安靜等候季望初上菜。

隨著食物香味傳來，瑛昭發現自己確實餓了——食欲什麼的，似乎是來到凡間後才出現的，他不知該歸咎於身體組成不同，還是季望初的手藝太好。

季望初弄了濃湯、義大利麵跟做為配菜的蘑菇炒蝦，瑛昭之所以認得出這些食物，是因為他研究水晶球的時候，有想過能不能做出其他吃的，就看了很多介紹凡間菜色的網頁。

「都八點多了，沒有充足的時間可以備料，晚餐簡單一點，將就吃吧。」

將就？這樣算將就？

看著眼前熱騰騰又香氣撲鼻的食物，瑛昭深深覺得季望初不只對美感有要求，他對吃的，標準顯然也極高。

「季先生，謝謝你這麼照顧我。」

不管季望初肯不肯坦率地接受他的感謝，該道謝的時候還是要開口。

「我不是想照顧你，只是看不下去！快吃吧。」

季望初想粗暴地結束這個話題，但瑛昭還沒把話說完。

「季先生今天又做完了一個任務，真的好有效率啊。也是難度比較低的任務嗎？」

「對。還不是為了讓公司快點有錢。」

「季先生，我可以提一個請求嗎？」

「不可以！快吃飯！」

季望初顯然覺得瑛昭提的請求不會有什麼好事，所以聽都不聽，直接一口拒絕。

因為食物涼了可惜，瑛昭只好先吃了。義大利麵十分美味，完全對得起它散發出來的香氣，愉快地吃掉自己的份後，他打算再試著提一次請求。

王寶華分享的資訊中，有一個很重要，那就是——面對季望初的時候，臉皮要厚。

如果沒得到這個資訊，瑛昭在季望初果斷拒絕後，就會尊重對方，不敢再輕易提起。

「季先生，明天能不能讓我旁觀你執行任務？」

這次瑛昭沒再問能否提出請求，而是直接說出自己的請求。

「啊？你怎麼還不死心啊！」

季望初停下手中的叉子，似是不想一面吃一面講話。
「季先生，拜託你，我今天嘗試找了別人，但狀況很不理想，根本學不到東西。」
「你找誰？」
「王寶華。」
一聽見這個名字，季望初就皺起眉頭。
「怎麼這麼不會挑啊？他是新人，任務完成率很低的，你想觀摩當然還是要找比較有經驗的！」
「所以我才請求你明天讓我旁觀，我真的很需要你。」
「為什麼是我啊！」
趁他還沒叫自己閉嘴，瑛昭快速說了下去。
「沒有人比你有經驗了。你知道嗎，今天一整天的時間，阿寶都沒能談成一個任務呢。」
「那對他來說很正常啦——」
「今天的時間已經白費了，我不介意花費神力，可是我想確實得到觀摩學習的機會，明天就算換別人，也未必能成功簽約吧？季先生，拜託你答應我吧！」

「……就算是我，也無法保證一天之內能找到合適的鬼魂簽約啊。」
語氣鬆動了！厚臉皮糾纏是有用的！
瑛昭彷彿看到一線曙光，趕緊接著懇求。
「沒關係！你不行的，別人鐵定也不行，就只是剛好運氣不好，這些我都能理解！請你讓我旁觀吧！」
他的一再請求，讓季望初露出了想說點什麼又說不出口的表情。
「季先生──」
「好啦好啦！明天讓你旁觀就是了！不要再用那種可憐的表情看我！」
得到季望初的同意後，瑛昭立即道謝，心裡也樂開了花。
季先生果然是個好人！啊……是不是該讀心？又錯過時機了，也不知道他剛才答應我的時候，心裡是怎麼想的……
「吃飽了就去休息吧，我這裡沒電視，如果會無聊的話，書櫃裡的書都可以看，反正你就待在一樓，不要上二樓。」
晚餐過後，季望初一面收拾桌面一面對他交代。聽到有書可看，瑛昭眼睛一亮。他在神界的時候就時常看書，也是因為看多了神仙的凡間遊歷記事，才讓他對下凡產生興趣，現在有凡間的書可看，他自然很好奇。

一樓除了客廳有書櫃，還有一間書房。季望初擺放書的方式比較沒有邏輯，像是有空位就隨便塞進去似的，很多類別的書都混雜在一起，也不曉得平時他要找書的時候會不會找很久。

瑛昭沒有特別要找哪一本書，他在瀏覽過書架後，取了一本知識性書籍，就看了起來。

這裡的書五花八門，甚至有百年前的書籍，瑛昭想了解凡間獨有的東西，所以選擇的是看起來很專業的題材。

但沒有任何科學基礎的情況下，要看懂科技相關的書，對他來說是不太可能的事，意識到這一點後，他便將手中的書放回去，改拿一旁的小說。

會被季望初留在家中的小說，當然不會難看，津津有味地看完第一集後，瑛昭一邊感嘆凡人的想像力之偉大，一邊想找出下一集，然而如此凌亂的書架上，實在很難找到這部小說的續集，這讓他看了看通往二樓的樓梯，思考自己究竟能不能打擾季望初。

不然……用手機問問看好了？

有手機這個管道，理論上不用上樓也可以聯繫季望初。因為沒加過好友，瑛昭試著打電話，沒多久對方就接聽了。

聽完他的問題，季望初顯得很不耐煩。

『那麼久以前的書，我哪知道第二集放在哪？』

聞言，瑛昭正失望著，忽然又想起一件事，連忙追問。

「你不是過目不忘嗎？怎麼會不知道書放在哪裡？」

『……第二集在你發現這本書的右邊第二個書櫃最上排，從左邊數來第十七本就是了。第三集跟第四集你自己找吧。』

季望初說完就掛了電話，瑛昭這才意識到，自己好像又不小心揭穿對方的謊言。

正當他懊惱之際，手機忽然響起，見是季望初回撥，他疑惑地接起。

「季先生？」

『你怎麼知道我過目不忘？』

一聽這個問題，瑛昭就知道事情不妙。

糟、糟糕……我把讀心得知的資訊說出口了，季先生既然有這麼強的記憶力，自然也記得自己有沒有跟我說過這件事，現在該怎麼搪塞過去？

瑛昭心裡湧現巨大的危機感，偏偏他無法判定採用哪種說法比較有說服力。

如果說是聽人提過，季望初很有可能會追問是誰講的，但他根本不知道季望初有沒有和別人說過這件事。

季望初顯然是掛了電話以後，忽然發現不對，才會又打回來詢問。也就是說，沒給出一個合理的答案，他恐怕不會滿意。

即使判斷不出最佳解答是什麼，瑛昭也不能遲疑太久，以免季望初產生懷疑。

「是我推測的，說中了嗎？」

保險起見，瑛昭選擇了這個說法，希望能蒙混過關。

『**你怎麼推測的？**』

「因為……你能那麼準確說出自己的休假有幾天，而且感覺不是一直放在心上，是現場統計出來的，那是一個不小的數字，我就猜你記性過人啊。過目不忘只是個誇飾用法，沒想到你居然不打自招。」

瑛昭自認這番說詞還算合理，應該可以自圓其說，也慶幸季望初是打電話過來，而不是直接下樓問。面對面要考量的因素更多，他可不確定自己的表情會不會漏餡。

『**……那沒事了，再見。**』

成功騙過季望初，讓瑛昭鬆了口氣。經過這件事，他認真提醒自己，以後一定不能搞混心音與實際交談的內容，以免遭遇相同的危機。

能聽見別人心裡想的事情，這種能力不管在哪，都會被人視為巨大威脅，如果他想跟季望初打好關係，就得守住這個祕密。

既然已經度過危機，他便愉快地找出小說的第二集開始觀看了，至於之後上哪找第三集，那是看完才需要煩惱的事情。

沒特別使用神力的情況下，瑛昭的閱讀速度與一般人類差不多，第二集看完時差不多也到了睡覺時間，為了明天能準時上班，他沒用神力熬夜。不過另一個原因是……他找了半小時也沒找到第三集在哪裡，只好乖乖睡覺。

＊

因為睡覺沒關門，第二天早上，瑛昭是被食物的味道香醒的，他走出房門時，季望初正端著湯鍋出來，和他打了個照面。

瑛昭正想道聲早，季望初就生氣了起來。

「你怎麼現在就醒了？我還沒擺盤！」

他生氣的理由，顯然是瑛昭破壞了他做好餐桌布置的計畫。還沒擺盤就等於沒能呈現出理想中的畫面，也就是破壞了美感，而對瑛昭來說，這雖然可以理解，卻令人十分無語。

我只是正常起床啊，雖然我會讀心，可是我沒辦法預知，撞見你布置餐桌的現場應該不是我的錯吧？

不過……禮貌上，是不是，還是道個歉比較好？

瑛昭心裡正糾結著，季望初又開了口。

「你該不會是聞到食物香味就醒了吧？」

「嗯？你怎麼知道？」

「果然，看你做那麼多飯糰就知道，有吃的你就會有反應。」

「……」

瑛昭覺得自己已經被季望初貼上了「吃貨」標籤，而且就算解釋，也只會越抹越黑。

「我不是……」

他弱弱地想反駁，但季望初沒等他說下去，就開口打斷他的話。

「算了，既然都醒了就來吃吧，想吃多少自己夾，就不擺盤了。」
隨著他這番話，瑛昭又失去解釋的機會，只能鬱悶地坐下，準備吃早餐。
「等等！你不刷牙的嗎？」
在他準備動叉子時，季望初震驚地阻止他，然後問了這個問題。
「什麼是刷牙？」
這是瑛昭沒聽過的詞，見季望初還處在震驚中，他索性拿出手機查詢。
閱讀過網路上的說明後，他這才搞懂季望初說的是什麼。
「難怪我沒聽說過。神的身體會自淨，真的有哪裡不乾淨也可以用神力處理，所以不需要這種多餘的行為。」
「所以你其實也不需要洗澡？可是我看你有用浴室啊？」
「因為我喜歡洗澡，那是我的興趣——呃……」
瑛昭一時嘴快，話說出口才後悔。
慘了，我在他心中的形象現在到底是什麼樣子？貪吃，興趣是洗澡……下凡之前我還想著在部下面前樹立良好且值得尊敬的形象，現在是不是已經完全沒有機會了？不過這些事目前只有季先生知道，在其他部下面前，說不定我還是可以有形象的……？

我要不要讀心呢？但我有點不想知道他現在在想什麼……

「喜歡洗澡啊……至少不是什麼不良嗜好……」

從季望初的表情看來，他是真的這麼認為，不是怕瑛昭尷尬才說場面話。

「真的嗎？不是不良嗜好？在神界的時候，母親時常說我泡澡泡太久，叫我改進呢。」

「真的啦，跟以前那些神喜歡虐待人或是其他一些糟糕的嗜好比起來，你這個絕對是健康嗜好，不會傷害任何人，沒有問題。」

季望初說到這裡，隨口多問了一句。

「所以你到底泡了多久才被要求改進？」

「最久的一次大概泡了四十天吧。」

「……」

得到這個超乎常理的答案後，季望初瞬間臉部抽搐。

「我收回前言。太不健康了吧！一泡就是四十天！你都沒有其他事情要做嗎？還是你泡澡的同時在修行？」

「沒有啊，泡澡就是要放鬆享受，怎麼可能同時修行？平時有認真修行，中間休息個四十天也不過分吧？」

「我不懂你們神仙的時間計算方式，但你如果在我家泡澡，別說四十天，四小時我就會破門而入確認你是不是昏迷了。」

……該說還好我這兩天都沒泡澡嗎？

瑛昭實在不怎麼想遭遇泡澡中被人破門而入的狀況。

「可是你都待在二樓，我泡澡四小時你也不會發現啊？」

「你的問題很好，我會在浴室門口加裝計時感應器，這樣只要有人進去超過四小時，我就會收到通知。」

有必要做到這種地步嗎？我是神耶，想也知道不可能因為泡澡而出事，為什麼要……而且這是打算長期收留我的意思嗎？

「季先生，你願意讓我在這裡長住？」

瑛昭怕自己誤會了對方的意思，索性直接詢問。

「我家很大，你要長住也沒什麼不可以，不會妨礙到我，不過等你有錢了記得搬出去。」

得到允諾後，瑛昭的心情立刻好了起來。

「太好了，那公司的資金就能優先當作薪水發給大家，夕生跟洛陵也不會再擔心我沒地方住，幫了很大的忙呢！」

「喂，你有沒有給自己算薪水啊？我提供方便給你，可不是為了讓你這樣對自己！」

瑛昭聽得出季望初話語中的關心，這使他心頭湧生了一絲暖意。

「等部門發展穩定後，我自然會拿薪水，不管你有沒有收留我，我都一樣會這麼做啊，難道你因為我優先發薪水給大家，就不讓我住了？」

「吃飯！餐點都要冷了！」

季望初沒有直接回答這個問題，但是，既然他沒說不給住，應該就是不會收回承諾的意思。

季先生提供房子給我住，那……吃的該不會也包辦了吧？包吃包住含交通？是不是真被他一開始的心音說中了，我這上司真的是不知道哪裡來的小白臉？

每當察覺自己很沒用的時候，瑛昭就會陷入自我懷疑中，不過吃完早餐後也該上班了，他很快就打起精神，畢竟他對今天的任務還是很期待的。

上班的交通工具，季望初毫不猶豫，再次選擇了計程車，看他這樣花錢，瑛昭也不再多說什麼。

進公司後，他們剛好在電梯裡遇到夕生，見他們一起出現，夕生的表情瞬間變得很精彩。

「瑛昭大人，早安。小季啊，你……怎麼會跟瑛昭大人一起來上班？」

「他現在暫時住我家。」

季望初也沒有隱瞞的意思，畢竟這種事情很難一直瞞著。

「什麼！你們關係何時這麼好了？」

「我們關係沒有很好，你別胡扯！」

說到關係，他就極力否認了，不過瑛昭不認為是自己的問題，換做是別人，季望初應該也會否認。

「關係不好你會讓瑛昭大人住你家？還做早餐給他吃？」

「你怎麼知道我做早餐給他吃？」

季望初乍聽這句話，登時一愣，隨即用懷疑的眼神看向瑛昭。

「呃，昨天的早餐很好吃，可是太多了，丟掉很可惜，我就打包來分給大家吃。」

瑛昭不得不解釋一下事情經過，聞言，季望初瞪大了眼睛。

「吃不完就直接丟了啊！給他們吃做什麼！」

「喂喂，小季，你有沒有一點同事情誼啊？平時不請客也就算了，連吃剩的都不給我們吃？」

「滾滾滾，你們又不是沒錢，想吃不會自己去買啊！別想占我便宜！」

從他們的對話中，瑛昭聽出了一個重點。

總之就是……我沒錢，所以救濟我，嗯……

第六章

「瑛昭大人，既然您肯跟小季住，怎麼就不接受我的邀請呢？」

夕生哀怨地瞥了瑛昭一眼，問出這個問題，瑛昭頓時又不知道該怎麼回答了。

該怎麼說……說我偷聽到你心裡說想偷看我洗澡？說季先生看起來對我沒有興趣，應該不會對我做什麼？都不是適合說出口的理由吧，只能說謊了嗎？

但是，又有什麼合適的謊言？

「我被他的廚藝收買了，季先生的手藝太好，為了能每天都吃到，就厚著臉皮住進去了。」

瑛昭不太擅長想理由，又怕沉默太久會顯得奇怪，只好以食物為藉口。他一說完，立即讀了季望初的心，想知道他聽了有什麼感想。

（真的很在乎吃的耶……怎麼會有這麼在乎口腹之欲的神啊？這樣他以後搬出去，我還要不要做料理帶給他？）

……完了，我的形象……這下子真的要被季先生當成貪吃鬼了。可是我剛剛想不出其他藉口，至少這是個有說服力的理由，唉……

不過季先生人真好，居然還想著以後的事，是怕我吃不到會覺得失落嗎？我是否可以認為，季先生對我的好感度有所提升？

「小季，你居然用廚藝征服了瑛昭大人，我真是意外。」

「我也很意外。」

季望初嘴角一抽，做出了這樣的回答。

要是可以，瑛昭實在很想挖個洞把自己埋了。

電梯很快抵達部門所在的樓層，跟夕生道別後，瑛昭和季望初一起前往辦公室，一坐下來，瑛昭便期待地詢問。

「季先生，今天要處理什麼難度的任務？」

那亮晶晶的眼神，讓季望初整個人又僵硬了起來。

「我都可以，不如隨機抽吧。」

「啊，等等，我有個問題想問你。」

這時候，瑛昭忽然想起自己先前的篩選想法，想問一問季望初的意見。

「季先生，如果抽到那種不值得幫助的靈魂，能否直接退貨，抽下一個呢？我的神力很多，即使退貨很多次也不會不夠用。」

這個突如其來的提議讓季望初愣了愣，沒有立刻反應過來。

「不值得幫助的靈魂？退貨？」

「是啊。上次那個靈魂，不就讓人無法同情嗎？把這類靈魂退回去，是不是就能優先幫助比較可憐的靈魂呢？」

瑛昭說完，看見季望初皺起眉頭，頓時覺得自己有可能說錯話了。

唔，我的想法不對嗎？那麼就讀個心？

他才正想使用讀心的能力，季望初就開口說話了。

「每個人都有不同的個性與際遇，我們召喚靈魂過來時，唯一知道的只有他的任務難度，以及他擁有轉世的資格卻不想轉世。」

說著，季望初走到辦公桌前，將手撐在桌上，認真地盯著瑛昭。

「有的人講話難聽，有的人會說謊，隱瞞自己的真實想法，很多靈魂都有防備心，不容易問出他不願意轉世的實情，簽訂契約後，執行員才能看見他的一生，了解一切，在這之前我們沒有辦法判定誰應該被同情，而誰不應該。」

季望初說到這裡，又補充了一句。

「此外，只要是擁有轉世資格的靈魂，就代表他沒有壞到極點。這些困在靈界的靈魂，沒有哪一個是不值得被幫助的。」

瑛昭愣愣地聽完季望初這番話，花了點時間消化。他深思了話語中的意思，漸漸出神。

原來季先生是這樣想的，看他上次做任務的態度，我還以為他也會想篩選……我原本的想法是不是太高高在上了？要擔任第十九號部門的部長，應該要更有包容心才行吧？我真是太不懂事了，還好有季先生矯正我的觀念——啊，等一等。

瑛昭自我檢討到一半，忽然又想起之前的事。

「季先生，但我聽說你之前直接轟走了阿寶召來的靈魂？」

「喔，那是個人喜惡問題，跟他值不值得被幫助無關。看久了自然會知道誰在說謊、誰貪得無厭，無能貪婪好色沒禮貌又沒膽的欺善怕惡老頭子，當然直接踢回去，執行員沒有必要跪著賺錢好嗎？」

瑛昭正處在「季先生真偉大、思想真崇高」的思考中，此時乍聽這番話，頓時受到不小的衝擊。

咦？結果還是依照喜好行事？怎麼跟我想像的不太一樣？我以為季先生心懷救贖每一個迷途靈魂的心，結果不是嗎？

「那……不然，我們就依照你的喜好來選靈魂進行任務？」

瑛昭覺得，至少這樣還是有篩選，不是完全不篩。

「好啊。你要提供神力讓我浪費，我當然沒有意見。」

季望初爽快地答應下來，當下不再囉嗦，就要召喚鬼魂。

「對了，季先生，我有個問題想問，這只是我個人的好奇，你不回答也可以。」

「問吧。」

於是，瑛昭問出了他內心糾結過的小小疑惑。

「上次阿寶召喚的靈魂，想要為自己老公生幾個孩子，如果是你，這個任務你會接嗎？」

從季望初瞬間扭曲的表情看來，他顯然沒想過瑛昭想問的是這種事情。

啊，這表情！就是現在！必須讀心！

為了得知季望初的想法，瑛昭趕緊使用了自己的能力。

（他態度那麼認真，害我還以為要問什麼嚴肅的事情，結果是這麼不正經的事？這

傢伙看起來這麼傻，卻很八卦啊？）

讀到這些心音後，瑛昭為自己捏了把冷汗。

這算是八卦的範疇嗎？我只是想知道季先生的敬業程度啊，就只是想了解自己的部下，沒有看好戲的意思，**啊啊啊**，該怎麼解釋？

「季先生，我之所以想問這個問題，主要是——」

「您不必多做解釋。生孩子的任務我還沒遇過，如果真的遇到了，只要對方看起來不討厭，我當然還是會接。」

讓我解釋啊！給我機會解釋！

瑛昭的讀心並未中斷，因此他聽見季望初在心裡又念了一句。

（這麼簡單的任務，可以穩拿積分跟錢，當老闆的就是會希望員工去做吧？阿寶這個吃不了苦的，真是沒用！）

不是！我不是那個意思！如果我希望員工接下來，當天我就會接受阿寶的提議，找你過來幫忙了啊！

瑛昭感覺自己陷入巨大的形象危機，這時季望初又開了口。

「要去把那個靈魂找回來嗎？不過生孩子的任務沒有必要觀摩，我雖然願意生，卻不太想被人盯著看我怎麼生。如果您已經有了決定，我就去其他地方自行處理任務。」

還主動要求把任務接回來？季先生，用不著這樣吧！

明明是自己開啟的話題，瑛昭卻覺得無法招架，他強自鎮定地搖搖頭，飛快否決。

「不必了，我只是好奇你對任務的接受度到哪而已，還是麻煩你隨機抽個靈魂吧！」

他不曉得用這句話補救是否來得及，季望初只冷笑了一聲，心裡沒有特別想什麼，就用神力召來了一個鬼魂。

當鬼魂的身影漸漸清晰後，瑛昭的臉瞬間垮了下來。

這個隨機召喚的靈魂，居然正巧是上次那個老太太。

有沒有這麼巧？靈界鬼魂那麼多，卻能剛好抽到同一個？季先生該不會有什麼方法可以偷看阿寶召喚過誰，然後故意召喚同一個靈魂吧？

這時候，季望初看向老太太，正打算說出開場白，瑛昭連忙不顧一切地阻止。

「等一下！先不要！這個鬼魂送去給其他人，我們換一個吧！」

他異常的反應讓季望初皺起眉頭，瞧了老太太幾眼，隨即推理出正確答案。

「難道這就是要生孩子的那名任務對象？」

……季先生，你能不能別這麼聰明？一下子就猜出來，我該怎麼說下去？

『怎麼回事？把我找來後又要退回？你們這些年輕人太過分了吧，是在耍我嗎？連生三個孩子都辦不到，以後還有什麼前途！』

老太太聽了他們的交談，頓時感到憤怒，瑛昭頭痛無比，卻還是不想讓季望初接這個任務。

「我記得妳的代號，接下來我會請人聯絡其他執行員，只要有人願意接就召喚妳上來，不好意思。」

說著，也不等老太太發脾氣，瑛昭就利用水晶球的力量將她送回靈界。

「季先生，我先請夕生跟洛陵去聯繫別人，你稍等一下……」

「為什麼不讓我接？我不是說我可以嗎？」

季望初冷眼看著他，語帶嘲諷。

瑛昭則終於想出一個好理由。

「……生孩子這種事情誰做都一樣，讓你來做太浪費人才了！以你的能力，還是接難度高一點的任務吧！」

他說完這番話，又開啟了剛剛因為慌亂而中斷的讀心，不過這次也沒讀到什麼。

「好吧。那就等你交代完事情再抽下一個靈魂，看看會不會抽到難度比較高的。」
雖然他沒繼續追問，但瑛昭內心仍舊忐忑。
這算是過關了嗎？季先生接受了？
瑛昭用手機給夕生和洛陵發了訊息，委託他們詢問執行員接任務的意願，然後便示意季望初可以繼續。

*

這一次召喚來的靈魂，是一個眼神空洞的少年。
「代號四五三六六三號，這裡是第十九號部門，你應該知道我們為什麼召喚你。說說你的故事吧，為什麼你不願意轉世？」
季望初似乎準備了標準流程，每次的開場白都一樣，不過瑛昭並不在意這種小事，反正每個靈魂都只能聽一次。
『……我？』
少年花了幾秒的時間才反應過來，他無神的雙眼看向季望初，輕聲回答了這個問題。

『這很重要嗎？』

他似乎沒有興趣談自己的事情，季望初只好進一步引導。

「重不重要就看你怎麼想了。如果你認為自己的事不重要，就不會被困在靈界，遲遲不去轉世吧？」

這句話讓少年的表情有了點變化，他收回自己的視線後，緩緩開口。

『對其他人來說，我怎麼樣、我發生了什麼事，從來都不重要。一點也不重要。』

瑛昭原本以為，他講完這句就會開始說自己的故事，但事情卻沒有這樣發展。

少年說出那句話，彷彿只是為自己的人生下註解，他說出了自己所認為的狀況，接著便不再出聲。

「你希望這一切有所改變嗎？你不甘心，對吧？」

此時，季望初又發問了，因為想知道季望初的誘導方向是否正確，瑛昭也對少年使用了讀心技能。

當初劉昱的案子，他也是靠讀心能力作弊，才準確說出對方內心的想法。

開始讀心後，他聽見了少年此刻的心音。

（是不甘心啊，可是又能怎麼樣呢？我一直回想那些不開心的事情，但即使重來也什麼都不會改變吧……）

少年消極的想法，讓瑛昭有點疑惑，不明白他究竟經歷過什麼樣的事，才會產生這種想法。讀到這個想法後，他便收回了能力

「如果你想改變，卻覺得自己做不到，我可以幫你去做，讓你看看自己的人生還有什麼可能。」

季望初說到這裡，停頓了一下，然後又補充一句。

「你什麼都不必做，答應後也不會有什麼損失。」

……季先生，你這句話聽起來好像在拐騙小孩子喔。

『**不會……有任何損失嗎？**』

少年看似有些意動，季望初便繼續誘導。

「對。你不必付出什麼，只需要在合約上簽下你的名字，接著待在這裡看就好，很輕鬆的。」

像是為了讓少年相信自己不是壞人，季望初的聲音比平時溫和很多。

『**我可以看看合約嗎？**』

既然少年提出要求，季望初便當場寫下一張制式合約，傳送到他手上。魔法合約的製作過程，光影效果炫目，讓少年無神的眼睛多了幾分光彩。合約入手後，他看了看上面的內容，隨即皺眉。

『對不起，這合約我不能簽。』

瑛昭原本以為季望初要騙到手了，沒想到少年竟然沒有傻傻地直接簽下名字。

「你對合約上的內容有什麼疑慮嗎？」

只要在可接受的範圍內，季望初不介意稍微調整合約的條文。

『我希望轉世的時候，我是心甘情願不帶遺憾的，所以你替我跑的這一次人生，我想看完再決定能不能接受，而不是只要你跑出不同的過程，我就得無條件去轉世。』

少年提的要求，乍聽之下合理，實際上極為苛刻。他只要對其中一個小細節不滿意，就可以主張無法接受，對於這種很可能讓自己做白工的條文，季望初是不可能添加進去的。

「你看起來不笨，所以應該能明白，我們為你做這些事，主要目的就是希望你去轉世，你對過程有什麼要求我們都可以商量，但最後結果需要你主觀判定是否合格，對我方來說風險太高，我不能按照你提的要求修改合約。如果你有其他修改方向的想法，可以現在提出。」

聽完這番話，少年安靜了一會兒，很快又開口。

『我只想看高二那一年的改變，在這個前提下，也不能讓我決定最後是否接受嗎？只有一年的話，你們投入的成本就不會那麼高了吧？』

聽他們的交談，讓瑛昭產生一種正在旁聽報價廠商開會的感覺。來這裡之前，我以為我投入的是救贖迷路靈魂的事業，但現在怎麼如此像是商業談判的討價還價呢？

瑛昭其實也沒經歷過商業談判，只是單純覺得這類型的對白，跟自己上網查公司該如何發展時看到的一些影片資料有點類似。

假如少年的態度很差，別說一年，即使只有一個月，季望初也會毫不猶豫地直接拒絕，但是少年看起來又誠懇，這讓季望初一時之間有點為難。

「瑛昭大人，您認為呢？這個任務，我們接不接？」

噢，現在到了「我的權限不足，替你請示一下主管」的橋段了嗎……啊，扯遠了，真的要讓我決定？

「交給我決定嗎？我說接你就接？」

「當然。您可是部長，讓您來做決定就好。」

若要用一個成語來形容瑛昭此刻的心情，那就是：受寵若驚。

季先生什麼時候這麼聽話了？在我深深懷疑自己這個部長在他面前沒有威嚴可言的時候，他忽然又擺出下屬的姿態，我該信嗎？會不會是在測試我？

還是說，他單純只是讓我決定想不想看這個案子？

「如果最後結果讓你評斷，那你拒絕接受時，也必須說出讓我們信服的理由。」

瑛昭稍微想了幾秒，決定加上這個條件，他一說完，季望初就白了他一眼。

「這是什麼附加條文？任務是否成功由他評斷，然後他的評斷是否合理又要由我們評斷，繞了一圈還是沒給他任何權力啊？」

季先生，你不要說出來啊！我就想看看能不能騙到他嘛，畢竟無論如何，做白工的話，還是浪費你的時間啊！

「我覺得這是彼此賦予信任的條款，不是我想騙他簽約。這建立在我們相信他不會亂挑剔，他也相信我們能接納合理意見的前提下，不是很好嗎？」

瑛昭也知道自己的話是強詞奪理，因此他立刻偷聽季望初的心音。

（這傢伙到底是哪來的天真神啊！誰教出來的！初次見面談什麼互信，當我是白痴嗎！這種說法頂多只能騙騙小孩吧？）

……果然又被罵了。明知會被罵，我為什麼還要讀心呢，難道我有自虐傾向嗎……

在季望初反駁之前，少年鬼魂倒是先開口了。

『**我還活著的時候，沒有跟人建立過互相信任的關係，現在我死了，反而有這個機會嗎？**』

少年看向季望初，目中帶有期待。

『**我可以相信你們嗎？你們不會背叛我吧？**』

面對這個問題，季望初沒有直接回答，而是看向瑛昭，等待他決定。

「你可以相信我們。看過季先生跑的流程後，如果不能接受，只要你的理由有道理，我們一定會接納。」

瑛昭自認是個正直的神，所以他毫不猶豫地說出了這樣的話。

『**好，那麼我願意簽約。**』

既然條件已經談妥，季望初便修改合約，讓少年簽字。

隨著合約簽訂完成，少年的一生便在他們面前展開。

少年名為林秀芳，之所以會有一個如此女性化的名字，是因為他的母親曾生下一名女嬰，卻因照顧不好而夭折。她懷第二胎時被同居男友拋棄，生下少年後，便抱持著想回到過去的心情將少年當成自己的大女兒，取了一樣的名字，當成女兒來養。

母親一再哀求前男友回到自己身邊，前後糾纏了五年，等到男方跟其他女人結婚才死心。少年六歲時，母親交了新男友，因為到了上小學的年紀，少年的真實性別這才曝光，但母親仍堅持他是女生，依然只讓他穿裙子，於是少年在學校裡老是被嘲笑，交不到朋友，失職的老師並未介入處理，母親的新男友也只在一旁看戲，不僅不幫忙，還會落井下石。

在學校裡，同學喊他「人妖」；在家裡，母親的男友喊他「小變態」。母親則是一聽到他想剪短髮或者改穿褲子就大發雷霆，渾然不在乎他的心情與意願，要求他必須要有女孩子的樣子。

到了國中需要穿制服，他才擺脫上學穿裙子的人生，只是他依然不敢剪掉長髮。有時候他也會暗自埋怨，為什麼髮禁要廢止呢？如果學生跟以前一樣沒有隨意留長頭髮的自由，自己就能配合規定，剪個不會被注目的短髮了吧？

雖然他沒再穿裙子上學，但國中與小學有地緣關係，以前的同學把他的事情當成茶餘飯後的話題告訴新同學。事情傳開來後，同學們便認為他心理有問題，媽媽還是神經病，於是他依舊獨來獨往，國中三年就這麼在被排擠的生活中結束了。

少年相當聰明，即便母親只提供三餐溫飽，沒理會過他的學業成績，他高中還是考上了第一志願。這個時候的他已經對「朋友」之類的詞沒有任何幻想，只想好好完成自己的學業，儘管他其實不明白書讀得好有什麼用，也不明白自己活著有什麼意義。

他不曾認為自己被虐待，也不認為自己需要被同情。他覺得這世界上還有很多過得更差的人，自己沒被毒打也沒挨餓，即便沒有人愛自己，那也不是什麼大問題。

他原以為自己什麼也不在乎，卻不知道這一切會在高二的露營活動中發生改變。

上了高中後，少年仍不被母親允許剪短髮，他也沒有違反母親意志的勇氣與動力。國中時某個很愛嘲笑他的男同學跟他一樣考上第一志願，還恰好同班，這種孽緣讓少年嘆了一口氣，覺得自己的名聲又要不保了。

不過，男同學倒是先來找他，表示如果他以後都幫忙寫作業，就為他保密。少年想都沒想就直接拒絕，因為他不喜歡被威脅，也不認為沒了名聲對自己有多大的影響。反正那樣的生活他已經習慣。不管是排擠還是霸凌，全都是忍一忍就過去的事。

男同學被拒絕後惱羞成怒，覺得他不識好歹，於是開學當日就在班上大肆宣揚他在母親強迫下做過的畸形行為。果不其然，新同學不是跟著笑就是漠視，對此，少年一句話也沒說，就好像他們說的不是自己的事——他早已習慣用這種方式應對。

即使是在第一志願的高中，少年的成績依然穩定維持在前三名，這點多少讓同學們有點刮目相看，但少年陰沉的氣質還是讓人不怎麼想主動靠近他。

高二的露營是學校固定舉辦的活動，因為要繳交活動費用，少年原以為自己沒機會參與，沒想到母親的男友想招待朋友來家裡，希望他那兩天別回家，便隨手給了他一點錢，讓他去繳費露營。

少年從來沒參加過這種團體活動，一切都很新鮮，但他也沒什麼期待。

沒朋友、被排擠，意味著他在團體活動中可能找不到小組可以加入，除非帶隊的教官或老師將他硬塞進哪一組。即使如此，他也會是小組中最不受歡迎的那個人，這些事情都是可以預料到的。

分組時，四周的同學都在熱絡交流，只有他呆呆站著。平時以嘲弄他為樂的幾個同學閒著沒事又過來笑他，他一聲不吭，但卻有個人站出來說話了。

『**喂，老是欺負人很好玩嗎？你們也太幼稚了吧？**』

這個清亮的聲音來自另一位成績也很好的同學，名叫馮志剛。少年抬起頭來看了對方一眼，內心十分訝異。

馮志剛趕走那幾個人後，便走到他面前，友善地邀請他入組。事情發生得太突然，少年根本反應不過來。這是他人生中第一次如此明確地感受到善意，因為沒有拒絕的理由，他便點點頭答應了。

兩天一夜的時間裡，這位挺身而出為他說話的同學，成為他的第一個朋友。那時候他只是覺得，原來世界上真的有好人；原來那些好人，自己真的能碰見。

後來他仔細想想才驚覺，如果真是個好人，又怎麼會等到這種時候才站出來為他講話呢？

＊

少年的記憶到這裡忽然中斷，瑛昭嚇了一跳，連忙詢問。

「怎麼回事？不是還沒結束嗎？」

季望初經驗豐富，什麼狀況都遇過，所以他不像瑛昭那麼驚訝，神情依舊冷靜。

「有的時候會有這種狀況，例如當事者比較難敞開心扉，或者發生系統出錯之類的問題。既然無法讀取到最後，我們就直接問他吧，後來發生了什麼事？」

©水泉 NOT FOR SALE 台灣角川
@ CIMIX

說著，他看向少年，等待他自己交代後面的事情。

『後來……就是我發現志剛接近我，其實是因為他們打了賭，賭他能不能成功騙到我，讓我成績下滑……反正他不是真心想幫我，也不是真心想對我好……』

少年這番話交代得不清不楚，季望初顯然並不滿意。

「太籠統了。他是如何騙你的？你成績下滑了嗎？為什麼會下滑？」

『……下滑了。沒心學習，也不想活了。』

少年的話越來越少，季望初還想再問，瑛昭卻先關心地問了別的問題。

「不想活了？難道你是自殺的嗎？」

『不是耶，雖然不想活了，但我也不想死啊。』

「那你的死因是……？」

被問到死因，少年露出鬱悶的表情。

『我約了志剛到天台談判，結果因為好幾天沒睡，又吃不下東西，還沒等到人，我眼前一黑不小心摔下去，就這麼死了。』

「……」

這次的靈魂也算是跳樓死亡啊？這到底會被判定為意外死亡還是自殺？

「你確定你不想轉世的原因，不是你還不想死，卻不小心死了嗎？」

季望初質疑起這一點，少年則搖了搖頭，立即否認。

『不是。雖然我還不想死，但是死了就算了，說不定這樣也不錯吧。』

少年的求生意志似乎不強，至於他有沒有說謊，因為瑛昭現在沒讀他的心，所以看不出來。

不過，就算少年說的不是真話，他們都簽約了，只要依照合約執行，還是有可能送少年去投胎。

「對了，季先生，你不是說我們無法選定回到哪個時間點嗎？這樣要怎麼將時間鎖定在高二那一年呢？」

這個時候，瑛昭忽然想到這個問題，因而不解地發問。

「時間點通常是當事者最在意的時刻，既然他如此在意高二，回到高二的機率很大，如果不是的話，再隨機應變。」

季望初說著，也看向少年開口確認。

「不是從高二一開始的時間點應該無所謂吧？」

『應該……沒關係吧。』

少年顯得有幾分遲疑。

「那我就去執行任務了，待會見。」

季望初也不多說什麼，身形自原地消失，見狀，瑛昭連忙開啟投影螢幕，準備觀看任務的進行狀況。

經過系統的運作，季望初成為了少年林秀芳，但因為缺乏林秀芳的完整記憶，他跟瑛昭都不曉得現在回到的時間點是什麼時候。

瑛昭跟少年鬼魂待在一起，所以能隨時觀察少年的神態。只見少年看清楚畫面後，臉色隨即慘白，身為當事者的他顯然對自己記憶裡的事情一清二楚——畢竟，這可是他一生中最介意的時刻。

只見林秀芳跟馮志剛站在一棟大樓的頂樓，瑛昭判斷，這應該是學校的天台，因為兩人都穿著學校制服，這可能是午休時間，又或者他們翹課了。

咦？難道是死亡當時……不對，那時候他還沒見到馮志剛就摔下去了，所以是之前的事情？之所以會回到這個時間點，代表此時發生了很重要的事情吧？

化身為林秀芳的季望初，此時默不作聲，因為沒有前後的記憶，不曉得他們原先在這裡做什麼，他只能先觀望一下再看看如何行事。

偏偏馮志剛盯著他，一副就等他開口的樣子。憑藉著多次的任務經驗，季望初依然沉得住氣，硬是保持沉默，一句話也不說。

馮志剛又等了兩分鐘，這才無奈地嘆氣。

「好吧，我知道你常常像這樣，忽然陷入沉默中，也不知道在想什麼，可是你好歹還是告訴我行不行吧？難道你不願意嗎？」

有了這些話當作線索，季望初開始思考，同時也決定先回一句話。

「我不願意。」

按照少年的陳述，馮志剛並不是好人，那他提的事情鐵定不會有什麼好事，季望初是這麼想的。

「為什麼？就試一次看看嘛！你不是說自己對女生無感，不排斥男生的嗎？」

這句話透露出來的訊息，讓瑛昭為之一愣，腦袋裡不由得冒出一個猜測。

難道……這是告白現場？他被唯一的朋友要求交往，覺得難以拒絕就答應了，事後卻十分後悔？也是因為無法面對這件事，他才不跟我們說嗎？

瑛昭看慣了自己的臉，所以很難對別人的長相給予客觀評價，不過以他這些日子看過的人類來說，林秀芳的長相雖然沒陰柔到會讓人以為是女孩子，但也算是秀氣白淨，說不定會有同性喜歡。

他覺得自己很可能猜中了真相，然而真相遠沒有他想的這麼簡單。

「不用試了，我不願意。」

季望初內心自然也有猜測，他又回了一句後，轉身就要走，馮志剛卻拉住他，繼續勸說。

「就當幫我一個忙吧！我們不是朋友嗎？我都跟對方說你只聽我的話了，要是你不去，我就無法交代了啊！」

從這段話，季望初品出了一點不尋常的味道，於是淡淡地反問一句。

「對方是誰，值得你這樣拜託我？」

見他回過頭，彷彿還有交涉空間，馮志剛連忙報出一個名字，然後解釋了起來。

「雖然他時常打架鬧事，但其實人不壞啦！只是跟他約會一次，又沒有要馬上交往，應該可以吧？」

靜靜看著事情發展的瑛昭，受到了很大的衝擊。

所以，不是我想的那樣？不是「我喜歡你可以跟我交往嗎」，而是「有個壞學生看上你了，你願意看在朋友的分上赴約嗎，我都答應人家了」？這也太過分了吧！這種朋友，怎麼還相處得下去？

「怎麼又不說話了？你不用想太多，就當作去認識新朋友，對方也只是約你去唱歌啊！」

說著，馮志剛看著他，以十分刻意的懷疑語氣又說了一句話。

「平時我拜託你什麼，你都會答應，這次卻這麼排斥，該不會……就跟他們說的一樣，你其實喜歡我吧？」

他多半覺得，自己只要這麼說，林秀芳就會慌張地否認，接著就可以順勢要求他答應下來——

然而他得到的回應，卻是季望初毫不留情的一拳頭。

在一拳將馮志剛打倒在地，看他慘叫著咳出一顆牙齒，並驚愕地看向自己後，季望初冷淡地開了口。

「我沒想太多。這樣就能證明我沒有喜歡你了吧？」

第七章

要不是顧及少年鬼魂就在旁邊，瑛昭簡直想拍桌喊一聲「揍得好」。

因為不好意思喊出來，他索性觀察起少年鬼魂，並同步讀心。

林秀芳的靈魂表情僵硬，看起來像是受驚了，他心裡想的話也傳了過來。

『**其實我是不是早該這麼做了？……可是我辦不到啊，我無論如何、無論如何都……**』

見他陷入自己的煩惱中，瑛昭沒繼續關注他，而是將注意力轉回螢幕上。

馮志剛大概從來沒想過林秀芳會對自己動粗，因此一時之間沒反應過來，不過地上的斷牙足以證明一切都是真的，他的臉孔開始扭曲，似乎正猶豫著要不要翻臉，於是，季望初主動走向前，朝馮志剛伸出手，做出想扶他起來的樣子。

「我想好了，我會去赴約，不讓你為難。這樣一來，我們就還是朋友，對吧？」

不得不說，他還是有在演一個不善交際、從小沒朋友的高中生，只是……是會讓人氣死的那種。

聽他答應赴約，馮志剛積在胸口的氣頓時不知該不該發。權衡利弊後，他才強笑著握住季望初的手。

「那就好，我把地點告訴你，放學後你去找他們會合吧，他應該會帶幾個朋友。」

季望初就好像沒聽到他的話一樣，將人從地上拉起後，又問了一次一樣的問題。

「我們還是朋友吧，志剛？為什麼不回答我，是我剛剛出手太重了嗎？我只是想讓你知道，我對你真的沒有特殊情感，我怕我嘴笨說不清楚，怕你不相信我，所以才選擇打你的。你怪我了嗎？還是我站著不動讓你打回來？」

他一連串的問句讓馮志剛臉上一抽，卻也不想在此時翻臉。

「……我們當然還是朋友啊，哈哈，下次別這麼衝動，你用說的我一樣能懂。」

季望初知道，馮志剛鐵定不會在這種時候打自己，畢竟自己放學後還要去赴個校園惡霸的約，臉上要是帶著傷，那該有多掃興？

「是嗎？可是……我真的很不會說話。」

他一面說，一面盯著馮志剛，然後語氣認真地說了下去。

「志剛，我覺得你一定要好好保養牙齒，多補充鈣質。你看我手臂這麼瘦弱，其實我剛剛打的那下沒有很用力吧，你的牙齒就掉了，是不是本來就很鬆啊？你還年輕，現在保養還來得及，別不放在心上喔。」

這番看似為對方著想的話，讓馮志剛的臉孔再度扭曲，由於林秀芳平時的形象完全是個天真、內向、不懂得看場合說話的人，他自然不會認為季望初是故意氣他，只能憋著生悶氣。

「午休時間快結束了，我先回教室，再見。」

丟下這句話後，季望初便離開天台。其實他不知道自己是哪個班的，但查清楚這種事情，對他來說易如反掌，他在午休結束前就進了教室，至於他的座位……也很好找，看起來有被霸凌排擠跡象的那一個就是了。

直到老師進來，馮志剛也沒進教室，下課後聽同學們議論，才知道他請假看醫生去了，對外的說法是「下樓時腳滑摔斷了牙齒」。

＊

旁觀到這裡，瑛昭喃喃自語了一句。

「怪了，馮志剛為什麼不說出真相呢？居然還幫忙遮掩。」
讓他沒想到的是，少年鬼魂聽到了，還做出回應。
『不是幫忙遮掩。他只是……覺得很丟臉。』
「很丟臉？」
少年鬼魂難得有聊天的興致，瑛昭便順勢問了下去。
『跟我說話被人看見，很丟臉；跟我走在一起，很丟臉；身為一個受歡迎的優等生居然被我揍了，要是被人知道，那肯定，更丟臉……』
他說這些話時，神情木然。瑛昭試圖讀心，卻只讀到一團複雜又混亂的情感。
「但你也是優等生啊。」
『只有考試成績能看而已。』
「那已經足夠了不是嗎？人不需要什麼都會、什麼都厲害，那種完美的人是幾乎不存在的，即使存在，也不該被拿來當作比較的標準。」
聽完瑛昭的話，少年又安靜下來，見他不說話，瑛昭好奇地多問一句。
「原本的時間軸裡，馮志剛的要求，你答應了嗎？」
『……』

少年鬼魂抿著唇，點了點頭。

「為什麼會答應呢？為什麼無法拒絕他的要求？」

『**他是我唯一的朋友。**』

少年鬼魂是這麼說的，可是他的心音不是這麼回答。

（——**他是第一個對我好的人。**）

（**我喜歡他，但他不可能喜歡我。**）

（**我不能讓他知道。**）

當瑛昭讀到這份隱密又卑微的情感時，回想起少年剛才陳述的後續，忽然心情沉重地覺得，讀心這種能力，有時候還是不要用比較好。

窺探了對方死後也不願意說出口的祕密，讓瑛昭產生不小的罪惡感，於是，關於少年赴約後又發生了什麼事，他固然好奇，還是沒再問下去。

＊

儘管答應過赴約，也從馮志剛傳來的訊息中得知唱歌的地點，但是放學後，季望初卻自顧自地回家，一點也沒有乖乖遵守約定的意思。

回到家裡，母親正在拆網路購物的包裹，一看到他就朝他招手。

「芳芳，過來，我買了幾件洋裝，來試穿看看。」

女裝是唯一一種母親會為他添購的東西，即便他不想要也不需要，母親還是會一直買。

這種試穿的要求是最基本的，要是穿了之後母親滿意，還會要求他擺姿勢拍照。照片拍完，自然不會只存在母親的手機裡。母親會將照片張貼到自己使用的社群網站上，聲稱是自己幫女兒拍的。因為這些照片，親戚對他們敬而遠之，總用異樣的眼光看他們，林秀芳知道，卻仍不知道該怎麼抵抗這一切。

「我不想穿。」

換成季望初就不同了。他對這個女人沒有感情，也沒有任何心理壓力，所以直接拒絕這個要求，一點推託的話都不講。

「妳說什麼？」

母親因為這句話而愣住，季望初則看著她的眼睛，又說了一次。

「我是不是從來沒有好好表達過我的意願？現在我想認真地告訴您，我不想穿女裝，請您尊重我的想法。」

看到這裡，瑛昭原以為少年的母親會抓狂、會發怒，事情卻沒有這樣發展。

母親愣愣地看著季望初，好像第一次看清楚自己的孩子一般，顯得慌張且不知所措。她手上拿著洋裝，呆呆蹲在原地，好半晌才站起身子，逃也似地跑回自己房間，用力關上門。

這……這是什麼反應？

瑛昭開始覺得人類很難懂。不過，林秀芳的母親明顯有一些精神方面的問題，行為跟思想比較難以捉摸，也是可以理解的。

季望初不在乎母親在想什麼，他沒有跟上去關心的意思。回到自己房間後，他開始調查房間裡的事物，並將林秀芳手機裡的紀錄、書包裡的作業通通瀏覽過一遍。

瑛昭眼花撩亂了一陣子，接著偷偷用了點神力，這才跟上季望初的閱讀速度，但也只看到少部分的資訊。

咦？這手機居然是馮志剛送的？

雖然林秀芳的母親看起來不像是會買手機給小孩的樣子，但手機的來歷仍讓瑛昭感到驚訝。

看來為了騙到這份友情，馮志剛還是有用點心的……不過，這點錢對他來說，說不定也不算什麼吧？

這個時候，手機響了起來，是馮志剛打來的。或許是季望初沒赴約，對方等得不耐煩，問起這個中間人，於是馮志剛才打來，想問問情況。

季望初的處理方式也很乾脆。

拒接，關機，手機直接丟床上，就當剛才什麼也沒發生。

看見他這麼做，少年鬼魂微微張嘴，似乎腦袋又當機了。

『他……他怎麼不接電話？』

整個房間只有他們兩個，少年鬼魂詢問的對象自然是瑛昭。

「季先生有他的用意吧。」

『可是他不赴約，又不接電話，會……會出問題的。』

少年鬼魂看起來很焦慮，瑛昭只好柔聲安撫他。

「別太擔憂，有什麼問題也是他要承擔，不是你要負責，我們就待在這裡看，很安全。」

瑛昭的話語讓少年鬼魂的情緒稍微舒緩了點，但他還是沒有完全放鬆。

『有電話不是就該接起來嗎？答應的事情也要做到啊，母親……母親現在怎麼樣了？不能讓母親失望吧……』

看他這麼介意，瑛昭也忍不住想做點什麼了。

「我跟他溝通一下，你等一等。」

只要消耗神力，就可以傳訊息給任務中的執行員，以瑛昭對神力的掌握程度，訊息可以即時傳送，只是季望初沒辦法用同樣的方式回訊息而已。

『季先生，林秀芳似乎很在意他的母親，你要不要確認一下情況？他對馮志剛也懷有很深的感情，你覺得要不要調整方向，不然說不定他會不滿意？』

瑛昭傳了訊息後，從季望初的表情觀察出他收到了，接著季望初重新拿出手機，輸入「你們別急，有任何問題我都能處理」，再將手機放置了三十秒，才刪去訊息再次關機。

原來可以用這種方法回應？季先生真聰明。

考慮到暗戀馮志剛的事是偷聽來的，瑛昭沒有直接告訴季望初。

『有任何問題都能處理嗎……他真厲害，真有自信……』

少年鬼魂茫然地自言自語，瑛昭則附和了他的說法。

「是啊！季先生很厲害的！他是我們這裡最有經驗也最有能力的執行員，交給他就好，你真的不用擔心。」

嚴格來說，瑛昭只看過一次季望初執行任務的狀況，但他就是對季望初莫名有信心。

這時畫面裡又有新狀況，瑛昭便沒再注意身旁可憐兮兮的小靈魂了。

＊

林秀芳家裡的電話響了起來，平常電話都是林秀芳負責接的，但這次，季望初硬是待在自己房間裡不動，直到打電話的人自己放棄。

季望初已經將能翻的東西都看過一遍，包含目前高二的課程進度。他走出去敲了母親的房門，卻不是想關心母親的狀況。

「媽，我明天想請假。」

房門內傳出一聲細微的「喔」，母親沒來應門，也沒問原因，季望初就當她答應了，走去廚房開始準備晚餐。

無論如何，他自己是要吃飯的，冰箱裡有什麼食材，他便將就著用。反正都是煮，他沒有只煮自己的份，而是將母親與母親同居男友的份都算了進去。

他時間抓得剛好，菜才剛端上桌，母親的同居男友就回來了。

「嗯？什麼味道這麼香？」

男子循著味道來到餐廳，隨即露出訝異的表情。

「哇，你小子什麼時候會煮飯啦？學校有教嗎？」

這個稱不上是繼父的男人，向來把林秀芳當成空氣，沒事還會嘲弄幾句。瑛昭看得出來他不喜歡這個陰沉的孩子，不過除了那些冷嘲熱諷，他倒也不會做別的事。

問完那兩句後，男子就去喊少年的母親出來吃飯了，母親走出房間時看起來仍精神恍惚，季望初幫他們拿了碗筷，自己坐下來就開始吃。

一般來說，母親應該會指責他沒規矩，沒等大人動筷子就先吃，但母親今天一句話也沒說，似乎還在思考什麼事情。

「妳看，這些菜是妳兒子煮的耶，我驚訝得下巴都快掉下來了。」

男子跟著開始夾菜，吃了幾口才不解地停下來。

「妳今天怎麼沒反駁啊？平時妳都會說是女兒，不是兒子的。」

「……是女兒，應該是女兒，可是……」

母親的碎碎念越來越小聲，因為聽不清楚，男子也沒理會。

「好啦，吃飯啦，妳兒子煮得還比妳好吃，真是的。」

他吃過每一盤菜後，又興沖沖地看向季望初。

「小子，以後都你來做飯如何？不會讓你白做，叔叔每個禮拜給你零用錢。」

看著螢幕的瑛昭一陣無言。

季先生怎麼在這種地方也能用廚藝收服人啊？還是說，其實他在過去的任務中也時常發生這種事？

「給多少？」

季望初先問了金額。

「兩百如何？」

男子說出數字後，季望初露出嫌棄的表情。

「五百。這已經低於時薪了。」

「跟自家人還算時薪啊？你不是也要煮自己的晚餐嗎？只是順便多煮兩份而已耶！」

男子試圖討價還價，季望初則毫不退讓。

「我也可以吃我媽煮的，沒有一定要自己煮啊。」

「嘖，好啦，五百就五百，你能煮的菜有哪些？」

似乎是不想遇到買了食材卻被糟蹋的情況，男子問了這個問題。

季望初的回答則相當自負。

「什麼都能煮。」

「騙人的吧？你應該一堆食材都沒看過，卻敢說自己能料理？」

男子叫出來的話，也是瑛昭此刻內心的疑問。

騙人的吧？一般不是都只擅長一、兩種菜系？季先生真的什麼都能煮？那也太厲害了！

不過，季先生畢竟腦袋比較聰明，又活了那麼久，說不定他沒誇大自己的廚藝？

比什麼都能煮還要厲害的是，什麼都煮得很好吃吧……

此時，男子已經滿臉懷疑地跟季望初達成協議，林秀芳的母親則默默吃著，沒參與這個話題，好像對接下來誰煮飯都沒意見似的。

晚餐結束後，大人進了房間，季望初也回房睡覺，完全不覺得八點睡覺太早。

見他如此行事，少年鬼魂又有意見了。

『他怎麼這麼早就睡了呢？課餘時間不好好預習跟複習，課業會跟不上的啊。』

這番話，瑛昭聽了實在不知道該如何回應，看在對方是個好學生的分上，他想了想，還是委婉地解釋一句。

「我想，季先生應該早就讀透高中的東西了，不需要再多花時間讀書。」

『喔。』

經過他的提醒，少年鬼魂才注意到自己的盲點，因而安靜下來，也不知是尷尬還是想到了什麼。

＊

雖然季望初跟母親報備了隔天要請假的事，但母親不會主動替他打電話給老師。隔天他沒出席，老師自然會打電話來問狀況，季望初簡單說了自己身體不舒服要請假後，沒透過母親就自己完成了請假手續，得以繼續躺回床上休息。

他這邊相當沉得住氣，馮志剛那邊就不是了。

還沒到中午午休，光是早上，家中電話就響起兩次。季望初看了看時鐘，判定是課堂間的下課時間，於是兩次都沒接，直到十二點多打來的那一通，季望初才在響到第九聲時接起。

他才「喂」了一聲，就聽到馮志剛氣急敗壞的聲音從電話中傳來。

『林秀芳！你是怎麼搞的！昨天為什麼沒去赴約？手機為什麼關機？而且你今天居然還不來上學？我找你找到快瘋了！不是都答應我要去了嗎？結果你不只是沒去，還搞失蹤，你知不知道這會造成我多大的麻煩？』

「我……」

季望初吊胃口地講了一個字就停下，甚至還無聲地打了個呵欠，默默等待馮志剛再度發飆。

『你什麼？說話啊！快解釋清楚！』

等他咆哮完，季望初二話不說就掛了電話。

可想而知，電話馬上又響起。

他等了好一陣子才接起，電話那頭的馮志剛已經是抓狂狀態，劈頭又罵了好幾句，然後質問他為什麼掛電話。

被憤怒與焦慮逼到快瘋掉的馮志剛同學，這回終於讓季望初開口了——但他得到的卻是一個從沒想過會聽到的答案。

「我不想跟你說話。」

別說是馮志剛，連瑛昭都眼角一抽，開始不太確定季望初到底是在布局，還是單純想惹對方生氣。

而從少年鬼魂慘白的臉色看來，這多半又是他很難接受的狀況。

『**你不想跟我說話……？我有聽錯嗎，你在做出這堆事情後，還好意思說這種話？**』

「我只是在陳述我的心情。你對我的態度讓我覺得很受傷。」

也許是因為季望初的態度不同以往，馮志剛稍微冷靜後，便遲疑了起來。

『**受傷？你究竟在想什麼？**』

「我在想，你是不是跟其他人一樣，不了解我也不喜歡我。為什麼你一點也不關心我是不是出了事呢？在你心裡，我是會無故失約的人嗎？你認定我不把約定放在心上，認定我會隨便對待朋友，我就這麼糟糕？」

季望初說這些話的時候，語氣確實表演得很到位，然而看過他前面的所作所為，瑛昭只能說……馮志剛同學，你沒錯，他確實就是這種人啊……

『他好會講話喔。』

少年鬼魂茫然地自言自語了一句。

馮志剛畢竟不像瑛昭有上帝視角，他聽完這番話，態度頓時變得有點慌張。

『我沒……我、我只是被逼急了，你知道，劉之昂那人是很不講道理的，昨天被放鴿子他就已經很生氣，我又一直找不到你，這才語氣重了點。』

劉之昂便是那名想約林秀芳的校園惡霸，而馮志剛結結巴巴的話語，讓看著螢幕的少年鬼魂露出詫異的表情。

『為什麼他態度軟下來了呢？他不是應該繼續凶我，拿友情來威脅我，然後要我聽話嗎？』

原來你也知道他在威脅你？你知道他的行為不正確吧，那你怎麼還是……就因為他曾經對你好嗎？還是因為你喜歡他？

瑛昭心裡有很多想法，但面對少年，他始終說不出口。

「這很簡單，他現在有求於你，你還有利用價值，所以他不敢得罪你。」

『得罪……我？』

這個詞對少年鬼魂來說，是很陌生的。他的眼神依舊迷茫，還透出幾分哀傷。

『志剛不該有這種想法啊。他從來不覺得我會生氣或難受，也不在乎我的感受，這樣才是正常的。』

儘管少年看起來是在自言自語，瑛昭還是回答了他的話。

「從昨天到今天，還有剛剛掛電話的行為，都很明顯呈現出你正在脫離他的情感掌控。要是你真的不理他、不聽他的話了，劉之昂那邊他可能很難交代，所以無論如何，還是得先穩住你再說。」

少年鬼魂似乎很難理解這其中的彎彎繞繞，對於眼前這些跳脫自身經驗的事態發展，他只能靜靜消化。

螢幕上，季望初也對馮志剛的話做出了回應。

「是嗎？我感覺你並不關心我發生了什麼事，那就這樣吧，先掛了。」

他持續冷淡的態度，讓馮志剛徹底慌了。

『別掛！告訴我你昨天怎麼了，我當下很擔心你啊，真的！是我不對，剛剛不應該口不擇言，你能原諒我嗎？』

只能說，為了達成目的，馮志剛確實能屈能伸，又或者劉之昂是他得罪不起的人物。

「喔，所以我應該可以相信，比起昨天的失約，你更關心我的狀況，以我的安全為重，對不對？」

『對！當然！』

得到他肯定的答覆後，季望初悠哉地說了下去。

「昨天我家裡有一點狀況，我媽命令我放學後直接回家，還沒收了我的手機。她對我的成績很不滿意，狠狠打了我一頓，我今天請假就是在家養傷。」

『這、這樣啊，你還好嗎？要養傷多久？』

「不知道，但短期之內我放學後都得直接回家，麻煩你跟對方說明一下，我沒辦法跟他們出去玩了。」

此時，瑛昭實在很想切換到馮志剛那邊，看看他的表情。

『秀芳，你媽有那麼嚴格嗎？只是出去玩一天，不可能不行吧？』

「就是這麼嚴。你不想看我被打吧？畢竟你那麼關心我。」

看到這裡，瑛昭想笑，但還是忍著。當著林秀芳鬼魂的面笑出來，可不是什麼好事。

『**你可以跟你媽說要晚自習——**』

「我怎麼能騙我媽？你是想帶壞我嗎？我媽如果知道了，一定會叫我跟你絕交。」

季望初這番媽寶發言，直接讓馮志剛不曉得該怎麼說下去。

『**還是說，偶爾翹課一次？**』

「翹課也是壞學生才做的事吧。志剛，你好奇怪，為何一直唆使我做壞事？」

季望初語氣中出現的不信任感，應該讓馮志剛很頭痛，於是馮志剛退而求其次，問起另一個問題。

『**那你媽要怎麼樣才能讓你放學後可以跟朋友出去玩？**』

「這個嘛……說是要我考第一名才行。」

他語氣平淡地這麼說，電話那頭的馮志剛則再次失態。

『**什麼？太離譜了吧！**』

季望初可不管他的心情，自顧自地說了下去。

「我也想早點恢復自由啊，不過惦記著你的事情，實在很難靜下心來讀書。下禮拜就要期中考了，要是能不受干擾地念書，說不定有點機會吧？」

依照林秀芳的說法，馮志剛接近他的原因，第一是小圈子內的打賭，第二是不讓他有好成績，現在季望初要好好讀書爭取第一名的想法，無疑與馮志剛的目的互相矛盾。

然而，馮志剛現在最迫切的需求，是給劉之昂一個交代。被校園惡霸盯上記恨，日子鐵定不會好過。

『**我知道了，那你好好準備考試啊……**』

以他一個高中生的腦袋，實在想不出別的辦法，只能乾巴巴地說出這樣的話。

「我會的。我媽找我，再見。」

語畢，季望初乾脆地掛斷電話，再看向正站在房門口盯著自己的母親。

「芳芳，妳在家裡怎麼不穿裙子？……女孩子雖然也能穿褲子，但還是穿裙子比較可愛。」

見母親似乎從昨天的衝擊中緩和過來，季望初便再強調了一次。

「我是您的兒子，不是女兒，我是男孩子，不是女孩子。」

「胡說！我只生了女兒！」

「您生過兩個孩子，您還記得嗎？」

他說完這句話後，母親便僵住了，於是他向著母親一步一步走去，並繼續說著。

「您已經很久都沒有幫我洗澡了吧？我從很小的時候就學會自己洗澡，現在您要不要再嘗試一次，做一下您在我小時候該做卻總是不做的事情，面對我的身體？」

說這些話的時候，他同時緩慢解開上衣的鈕子，露出自己平坦瘦弱的胸膛。

母親不斷搖頭，退回房內，然後又用力關上房門。

見她承受不住、拒絕溝通，季望初就重新穿好衣服，做自己的事情去了。

*

季先生……雖然你應該是在逼林秀芳的母親接受現實，可是你的做法怎麼像是在性騷擾啊？高中男生要求母親替自己洗澡，是正常的嗎？

瑛昭雖然缺乏這個世界的各種常識，還是覺得這畫面想像起來不太妙，而他扭頭一看林秀芳的靈魂，便發現對方果然又石化了。

唔，要不要關心他一下？他應該又不能接受了吧？觀看一個完全不一樣的自己做自己經歷過的事，是否對他來說還是太過刺激？

或者，我先讀心試試？

『**好可怕……真的好可怕……他怎麼會想這麼做……**』

瑛昭還沒實行讀心，少年鬼魂就先喃喃自語了起來，於是他順著問了一句。

「什麼東西好可怕？」

『這件事好可怕，他也好可怕，我好害怕……』

「害怕什麼？」

瑛昭充滿不解。

『萬一母親答應了怎麼辦？那不就真的要讓母親幫我洗澡了嗎？』

少年鬼魂的回答，讓瑛昭不曉得該如何評論。

到底該說你的煩惱很實際，還是你好奇怪，還是……高中男生跟母親一起洗澡這件事果然很不對勁？是啊，萬一你母親答應了呢？李先生會乖乖進浴室嗎？或者再找個方法迴避？

『你能不能幫我跟他說，我、我沒有很堅持要母親認同我是男生，就算母親一直把我當女兒也無所謂，拜託不要讓母親幫我洗澡啊——』

少年鬼魂的哀求讓人哭笑不得。瞧他這副可憐兮兮的模樣，瑛昭終究還是不忍心拒絕他。

「好吧，我傳訊息給他。」

瑛昭如實將少年鬼魂的要求傳達給季望初，季望初皺起眉頭，一樣用手機打字回答，但他的回答卻是「別這麼囉嗦，有夠麻煩」。

『他、他這是不是拒絕的意思？』

見少年鬼魂一臉驚恐，瑛昭連忙安慰。

「有可能只是覺得我們煩，未必是拒絕。」

瑛昭的話，少年鬼魂並沒有完全相信，不過，他糾結幾秒後，面如死灰地接受了現實。

『算了……反正我都死了，就當作電影看看吧……』

就這麼放棄了？心灰意冷了嗎？這樣好嗎？

瑛昭不知該說什麼，只好將注意力轉回螢幕上，繼續關心季望初那邊的狀況。

第八章

季望初愉快地請了七天假，在家吃飽睡、睡飽吃，只大概翻了翻課本，根本沒認真準備考試。

這段時間裡，他用廚藝收服了母親的男友，偶爾刺激一下母親。他還將留了很多年的長髮剪掉，理成清爽的男生髮型。在他頂著這樣的髮型回家時，母親才終於出現比較激烈的反應。

那天母親的同居男友也在家，男子在母親尖叫著衝上去抓住季望初逼問為什麼剪頭髮時，驚恐地上前隔開兩人，並在季望初的要求下，同意之後帶母親去做定期心理治療，這才結束當天的衝突。

看著這一幕，少年鬼魂不禁又出了聲。

『**原來這個男人還是會幫忙的啊。**』

他像是第一次看到這個男人的另一面，顯得茫然又帶點惆悵。

的。

季望初之所以請假請七天，是因為七天之後就是期中考，再怎麼樣他還是要去考試

對於這位消失了好一陣子的同學，見到他出現，大家最大的反應就是他居然剪頭髮了，馮志剛也不例外。

「你……居然剪頭髮了？你媽同意？」

面對這個問題，季望初只淺淺一笑，沒有正面回應。

「好久不見，志剛，你看起來好像挺憔悴的。是太用心準備考試了嗎？要是累壞了，那可是得不償失啊。」

馮志剛聽他這麼說之後，表情顯得不太自然，看來他的憔悴應該跟讀書沒什麼關係，多半跟劉之昂的關係比較大。

「別提了，因為你的事情，我根本沒有心思好好讀書……」

「喔？那也是得不償失啊。」

「什麼？」

馮志剛沒意會過來他是什麼意思。

「我的意思是，我又沒什麼事，你這麼擔心我，搞得自己期中考考不好，那可是很

不划算的。」

季望初沒打算現在就跟馮志剛撕破臉，因此隨便說了幾句話敷衍。

聽他將自己的話曲解成擔心，馮志剛心裡一定是不舒服的，卻也不好駁斥。

「那你考試準備得如何？」

「挺好的，第一名應該沒問題。」

季望初的回答，被旁邊的同學聽見了，頓時招來反感。

「哇，有人考試前就大言不慚地說自己可以拿第一耶，就算是只知道讀書的書呆子，也不該這樣不把別人放在眼裡吧？」

隔壁同學的斥責，引來更多人的關注，見狀，季望初平靜地看向對方開口。

「要不要來打個賭？」

「賭什麼？」

「當然是賭我能不能考第一啊。」

季望初直視著對方，毫不猶豫地說了下去。

「我考第一的話，你退學；沒第一，我退學，賭嗎？」

因為林秀芳以前的成績確實不錯，同學只罵了句「瘋子」就拒絕他的提議，沒再理會他。

以退學做為賭注，有點腦袋的人大概都不會賭，畢竟沒有深仇大恨，對自己也沒有好處。教室內恢復安靜，沒過多久，鐘聲響起，在老師帶著考卷進來後，期中考正式開始。

季望初每一個科目的考卷都寫得很快，寫完就趴下睡覺，他作答的速度快到讓少年鬼魂開始懷疑人生，忍不住詢問瑛昭。

『雖然你說他都學過了，可是……難道計算不用時間嗎？還是他都亂寫？』

「這個嘛，季先生面目不忘，說不定看過你的記憶後把答案都背下來——不對，他沒看過這部分記憶……」

瑛昭說到一半，察覺不對，便停了幾秒才繼續。

「他都能過目不忘了，腦袋鐵定也很聰明，你就當是見識到一個真正的天才吧。」

期中考第一天結束後，馮志剛本想邀請季望初一起去附近吃個點心，但季望初表明自己必須立刻回家，這才讓對方打消念頭。

只是，他收拾好書包走出學校沒多遠，就被幾個不良少年攔下來。

帶頭的人並不是劉之昂，而是他的幾個小弟。對於季望初先前放鴿子又沒主動出面認錯的行為，他們相當不滿，認為他不尊重劉之昂，得知他今天有來上學後，就跑來堵他了。

「你們老大都沒說話了，你們是在瞎忙什麼？讓開，我要回家。」

即使面前就是三個氣勢洶洶的不良少年，季望初仍一點都不退讓，也不膽怯。

「你是沒被打過嗎！什麼態度！」

小弟們被他激怒，當下便決定動手教訓他，而三打一的結果是……三個都被打趴在地上，季望初毫髮無傷地離開現場，就好像什麼事都沒發生一樣。

『**他連打架也這麼擅長？**』

少年鬼魂看得目瞪口呆，彷彿覺得剛才看到的一切都不真實。

「季先生在第十九號部門待很久了，可能因此有很多時間可以學各種技能吧。」

聽他這麼說，少年鬼魂露出羨慕的神情。

『**鬼魂也可以學嗎？很會打架感覺就很帥。如果不去轉世的話，就有很多時間可以學了吧？**』

「……不，你應該去轉世，這種事情下輩子再學吧。」

*

期中考的第二天，這次，劉之昂親自來找季望初了。

小弟都被揍了，老大要是完全沒有反應，那就太奇怪了，不過在他回家的路上出現後，劉之昂倒是沒有像他小弟那樣凶巴巴地討說法，反而笑笑地觀察了他一陣子才開口。

「昨天你打了我那三個小弟？」

他像是要確認季望初這邊的說法，才問了這個問題。

「是啊。」

季望初乾脆地承認了，無論來的是誰，他都不怕。

「打得好。」

「……」

季望初默默瞥向劉之昂，那表情就像是在說：「你一個老大，這種態度對嗎？」

「我早就想找人揍他們了，每一個都那麼幼稚，老是給我找麻煩，沒想到你先幫忙打了，謝啦，請你吃個冰如何？那邊有家小店不錯。」

或許是因為想多了解這個人，季望初沒拒絕，緩緩點了頭。

見他點頭，劉之昂露出了意味深長的表情。

「馮志剛那個小子說你是個媽寶，媽媽叫你放學後直接回家，所以你沒辦法跟我約會，怎麼我現在邀你，你就答應了？到底是他說謊，還是你騙他？」

說到這裡，劉之昂笑著又加上一個選擇。

「或者，看到我本人，覺得我很帥？」

「……」

季望初的眼神很冷淡。以年紀跟歷練來說，高中生不管什麼模樣，在他眼裡大概都是小屁孩。

「怎麼不回答啊？」

「我只是剛好想吃冰。」

他的答案讓劉之昂大笑了幾聲。

「你比我想像中有趣耶，老實說，我不是真的想追你，就只是想看看從小被當女孩子養大的男生是什麼模樣而已，但你看起來好像還算正常啊？我還以為你會穿裙子赴約，見到人都不敢抬頭，結果跟傳聞完全不一樣嘛！」

「那如果我跟你想的一樣呢？約我去唱歌，是想羞辱我，把我當猴子耍？」
季望初語氣平淡地這麼問，宛如問的不是自己的事情。
事實上，這的確不是他的事，只是劉之昂不知道。
「其實是我一個小弟想約你啦，他用我的名義罷了，我也就湊湊熱鬧。他們跟馮志剛怎麼討論的，我可不清楚，反正也沒約成，你應該不至於計較沒發生的事吧？你也揍過他們啦。不打不相識，不如交個朋友？」
對於這個嘻皮笑臉地自己送上門的「朋友」，季望初想了想，很快有了決定。
「我可以跟你交朋友，你的小弟就不必了。」
「為什麼，嫌他們蠢嗎？」
「對話時會感到不愉快的朋友，我不需要。」
聽他這麼說，劉之昂微笑著問了一句。
「那馮志剛呢？你跟他講話會開心？」
季望初的回答也很實際。
「以前會，現在不會了。你是不是不太喜歡他？」
「這麼明顯嗎？聽他說他可以讓你來陪我玩，我還以為你是個傻子，但你顯然沒那麼傻，終於發現那傢伙不是什麼好東西。」

他把話說得這麼白，讓季望初不由得多看了他幾眼。

「我們是第一次見面吧，你習慣對初次見面的人說他唯一的朋友不是什麼好東西？」

「我看你順眼嘛，怕你被他坑了，所以才多說一點啊。」

劉之昂說著，湊過來勾肩搭背。

「再說我們不是要當朋友了嗎？朋友身邊有小人，總要警告的吧。」

他的說法，季望初不置可否。不過，即使他沒有回答，劉之昂還是繼續問了下去。

「你接下來打算怎麼處理？要跟他絕交嗎？需不需要我幫你？」

「沒聽過絕交還需要人幫忙的。」

「誰說的，絕交時有可能會吵架，這不就需要人幫腔打發對方了嗎？當然，要幫忙揍人也是可以的。」

劉之昂的熱心，季望初沒有照單全收。他微微一笑，問出一個問題。

「我不太相信單純的『看我順眼』這種話，你想從我身上得到什麼？直接告訴我吧，能給的我就給，不能給的就別用套交情來拐我了，當作一場交易，我比較安心。」

聽了這番話，劉之昂臉上的表情變成一副「你真掃興」的模樣。
「真沒勁，就不跟我玩一下友情遊戲？防備心也太重了吧？」
「乾脆一點，你要不要說？」
「好啦！我就是想找個成績好的人幫我寫作業、做報告，要不是不同班，連考試都想作弊一下呢。」
劉之昂顯然就是不想好好讀書的那種學生，在他大方說出自己的目的後，季望初很快就給了答覆。
「這對我來說不難，你要是轉來我們班，幫你作弊也沒什麼。」
「真的嗎？如果是這樣，那你以後就是我的好兄弟了！」
劉之昂高興地拍了季望初的肩膀，這時他們已經來到冰品店，拿了菜單坐下。
「我幫你這些忙，那你也會幫我做點事情吧？可別告訴我好兄弟不會計較這些。」
「這當然，放心，好兄弟就是要互相幫助，單方面付出不會長久，這種道理我自然曉得。有什麼事情需要我幫忙的？」
劉之昂的爽快，讓季望初的表情溫和了點。
「就是馮志剛的事。比起絕交，我還是想整整他，不讓他好過。」

「這個好辦，我最喜歡這種遊戲了，你想怎麼整？我們可以討論一下如何配合。」

因為這是雙方都有興趣的事情，他們馬上達成合作共識。

「先吃冰吧，我要草莓奶酪雪花冰。」

季望初選好菜單後，便將菜單交給劉之昂。

對方說要請客，這件事他可沒忘記。

*

季望初與劉之昂互動的期間，瑛昭一直密切注意少年鬼魂的反應，甚至還用上了讀心能力。

少年鬼魂全程都目光呆滯地看著螢幕，內心卻想了不少事情。

一開始劉之昂主動搭訕，他心中想的是：這個人話有這麼多嗎？以前他幾乎不跟我說話的。

談到三個小弟時，他心中想的是：要是可以的話，我也好想親手揍他們，如果我能辦到的話……

劉之昂提出想交朋友時，他心中想的是：真的會有人主動想跟我交朋友嗎？怎麼可能？

後面演變成交易時，他心裡多少有嘆息。而在季望初答應條件，並提出要搞馮志剛時，他心裡已經組織不出話語，只剩下各種尖叫跟驚呼。

這孩子還好嗎？精神狀態真的沒問題？

瑛昭覺得他很不妙，然而他表面上看來只是呆滯失神，若不是讀心，根本無法發現他激烈的內心活動。

由於不是當事人，所以瑛昭看完剛剛那些過程，心裡第一個想法是佩服季望初，第二個想法是要記錄一下季望初喜歡草莓雪花冰，除此之外就沒別的想法了。

這時他又讀到一句話。

（一切都太難了，這個世界好難。別人都是怎麼學會的呢？我就什麼也不會，所以才想逃離這一切……）

他感覺到少年鬼魂的灰心與無助。這些情緒，似乎與季望初展現出來的能力息息相關。

季望初越厲害，少年就越自卑。

這還真是麻煩啊，任務期限是一年，但這是高二下學期，也就是說任務已經只剩下四分之一年的時間，最後結果到底會怎麼樣呢？

接著，他們繼續觀看季望初跟劉之昂探討如何對付馮志剛。

*

季望初提的倒也不是多陰損的點子，不過是讓劉之昂有事沒事拿約會的事去壓一壓馮志剛。聽到自己的任務如此無聊，劉之昂還抗議了幾句。

「芳芳啊，你就要我做這點事？我一身才華都無用武之地了！」

「不要叫我芳芳，噁心。」

「那我要叫你什麼？秀秀？」

他這調戲的語氣，讓季望初露出鄙夷的眼神。

「你一個男的，不用疊字就不會講話嗎？」

劉之昂被這句話嗆得馬上放棄開玩笑。

「哈哈哈，不就是覺得你名字可愛，開開玩笑嗎？這麼認真生什麼氣？」

「我沒生氣，只是聽了不順耳。」

「你還沒回答我剛才的問題呢，難道就沒有更好玩的任務？他想把你賣給我，你卻只想讓他心神不寧，無法專注於學業？」

被問到這個問題，季望初停下了吃冰的動作，輕扣起桌面。

「如果可以，我自然想要他名聲掃地，在學校裡都抬不起頭，但我又還沒有想清楚自己是不是真的想這麼做，又或者，其實我比較想好好讀書，就這麼輕輕放過他也不錯？」

季望初說完這些話，瑛昭立即聽出了他的意思。

「林秀芳，季先生這是在問你的意見，你想怎麼做？放過他還是報復他？」

少年鬼魂大概沒料到會有這一齣，一時之間沒反應過來。

『咦？我……我有決定權嗎？』

「我覺得他是想讓你決定，你快告訴我，我來傳訊息給他。」

忽然要決定這種事，對少年鬼魂來說可能很困難，他猶豫了半天，還是沒給出答案。

少年這邊尚未有結論，螢幕上，劉之昂倒是一直鼓吹他報復。

「秀芳，你為什麼要放過他？當然是好好搞他一頓啊！有我幫你，你有什麼好顧忌的？」

比起為「兄弟」出氣，他的動機可能更像是求個趣味。

「說得倒是好聽，出事也你扛嗎？」

「我扛也行啊！記一個大過以內能搞定的事，我扛；超過的，我找我爸扛。哥給你當靠山，你放心吧！」

聽他如此說大話，季望初笑著問了一個問題。

「你幾月生的？」

「五月。」

「那我才是哥，你比我小。」

「哪是這樣算的！」

他們在吵誰才是哥的期間，少年鬼魂有了決定。

『**如果讓我決定的話，那就……整他一下好了……**』

於此同時，瑛昭讀了他的心，而他心裡正在糾結吶喊著不想看馮志剛受到傷害。

這麼矛盾？心口不一啊，該怎麼辦？

「這個決定好像不太符合你的性格，你確定嗎？」

瑛昭怕他後悔，所以又確認一次。

『我想做出一點改變。我知道，如果是我的話，一定是不會反抗也不會報復的，可是執行這一切的人不是我。』

少年鬼魂微微顫抖地說了下去。

『我想看看，讓別人來做，到底會有什麼結果。』

此時他的內心想法也與說出來的話對上了，既然他已經確定，瑛昭便傳訊息給季望初。

一收到訊息，季望初立即鬆口。

「如果你支持我整他，那我有個粗略的計畫，可以請你幫我實行。」

見他改變心意，劉之昂立刻頗有興致地追問。

「總的來說，就先汙衊他偷男生內褲好了。」

季望初淡淡說出的話，讓瑛昭差點被口水嗆到。

季、季先生！你怎麼一開口就這麼勁爆啊！這是一般人會想到的惡整方式嗎？

少年鬼魂也忍不住轉頭向他確認。

『他是說……偷男生內褲嗎？我有沒有聽錯？』

「……你沒聽錯。」

瑛昭無奈地回答，等著看後續發展。

聽了季望初的提議，劉之昂吹了聲口哨。

「這個應該不難，不過怎麼不是偷女生內褲？他喜歡男的嗎？」

「我們學校是男校啊，就是要傳出他偷的是同學內褲的謠言，這樣才能讓大家對他避之唯恐不及。」

「好吧，但是要用誰的內褲？去買一條還是你要提供？」

「當然是用你的。」

季望初理所當然的語氣，讓劉之昂為之傻眼。

「為什麼要用我的？」

「因為出事你來扛啊。丟的必須是你的內褲，你才能名正言順地要求大家讓你搜查吧？要是丟的是別人的內褲，你要求搜查就很奇怪，而且你又怎麼會知道別人的內褲丟了？」

「啊？應該不是只有這個方法吧？也可以用其他理由查看他的書包，意外發現內褲啊！」

「那樣太刻意了，而且內褲被偷這種事情，會讓你覺得很丟臉，對吧？在這個前提下，大家會相信你，不會認為這件事是你自導自演的。」

他們在內褲的話題上繞來繞去，繞得瑛昭都開始放空腦袋了。

為什麼要用內褲？這是高中男生比較感興趣的話題嗎？

「我還是覺得——」

「這件事如果辦成了，我就心服口服喊你一聲『哥』。」

季望初忽然拋出這句話，令劉之昂瞬間頓住，神情複雜了起來。

「要讓你心甘情願喊一聲『哥』，代價好像有點高耶？」

「我條件已經開了，你要是不願意，也可以拒絕啊，我又沒強迫你。」

季望初好整以暇地這麼說。最後，劉之昂屈服了。

「好吧！算你狠！我答應你就是了。你是要我找機會把自己的內褲放到他那邊，再去搜是吧？用想的就覺得很噁心啊，可以直接用一條新的代替嗎？」

「可以，但是你當天必須沒穿內褲才行。我覺得游泳課前後會是比較好的時機，你能在游泳課的季節結束之前轉班過來嗎？」

「這倒是不難，只要跟我爸說我想好好讀書，讓他去處理轉班的事情就好。」

從他的話聽來，他爸爸應該是有頭有臉的人物，對此，季望初看起來很滿意。

「好，那我們來演練一下，我順便看看你的演技如何。」

「啊？要說演技，你難道會比我專業？那就讓我見識看看啊！」

只不過吃了個冰，交談了三十分鐘，季望初似乎就已經把這個校園惡霸收服得服服貼貼，瑛昭對此只有兩句話：嘆為觀止，望塵莫及。

他想，這多半也是林秀芳鬼魂的心情。

『太奇怪了吧……劉之昂有這麼好說話嗎？你們是不是造假，就像遊戲可以調整難度一樣，把任務難度調得很低？』

少年鬼魂混亂地看著螢幕，開始懷疑畫面的真假。

「林秀芳，我們不會做這種事。你應該更信任我們一點，季先生可是很認真在做這個任務。」

瑛昭開口後，少年鬼魂慚愧地低下頭。他只是太過震驚，才會提出那樣的質疑，稍微冷靜後，他便開始自我反省。

『對不起，我會安安靜靜繼續看。』

「也不用安安靜靜啦，如果你有什麼問題，還是可以提出。」

瑛昭並不排斥替他解答疑問，只要問題是他能回答的。

＊

商議好惡整計畫後，劉之昂便火速去辦理轉班了。不得不說，有錢有勢力的人辦什麼事都又快又簡單，才過三天，他就傳訊息跟季望初說事情已經搞定，下週就能轉班過去。

這樣的效率，讓季望初不禁回傳訊息問了一句：

『你爸是校長還是股東？』

劉之昂回了「哈哈哈」，然後說兩者都不是，自己老爸只是給學校捐了幾千萬，轉班這種小要求，校方自然很快就通過。

『幾千萬？就為了讓自己兒子轉班？』

少年鬼魂見識到與自己的人生經驗完全不同的世界，以千萬為單位的金錢數字，實在是他無法想像的。

「可能有錢人不差這些錢吧。」

瑛昭看到這裡，臉孔也有點僵硬。雖然他才剛來沒多久，但看過大家的薪資單後，他對這個世界的薪資水準還是有點概念。

幾千萬啊……光是一千萬就能養我們部門一、兩年了，要是能從任務中的這些人身上賺到錢該有多好？以劉之昂現在對季先生言聽計從的程度，說不定讓他捐款一千萬也是有可能的呢？

他心中冒出了這種念頭，但也只是想想而已。

『我是不是讀再多書，考再多第一名，一輩子也賺不到幾千萬呢？』

根據瑛昭的判斷，少年鬼魂這句話應該只是喃喃自語，不需要回答。

但他還是開口安慰了對方。

「別想太多，大部分人都賺不到，你看季先生這麼厲害，他也一樣賺不到幾千萬。」

說完這段話後，瑛昭莫名產生了心虛的感覺。

其實季先生賺了多少錢，我並不清楚，看他那副不缺錢的模樣，會不會他真的有千萬身家？不過，執行員的薪水又不高，他是怎麼賺到錢的呢？

他思考這個問題，思考得出了神，等他回過神來，劉之昂已經在導師的帶領下走進季望初的班級，開始做自我介紹了。

看見這個惡名昭彰的校園惡霸轉進自己班，包含馮志剛在內，大部分的同學都顯得很緊張，不知所措，只有季望初平靜地與他對視，沒理會他的擠眉弄眼。

按照劉之昂的意思，他的座位當然要在季望初旁邊，這樣考試作弊也比較方便。對此，季望初沒有意見，他旁邊的同學自然也沒有堅持不換位的理由，就這麼乖乖讓出了座位。

劉之昂是說，他本來就表現得對季望初很有興趣，無論是轉班過來還是硬要坐在他旁邊，都可以視為糾纏季望初，馮志剛應該不會起疑，也不會想到他們正在策劃如何暗算他。

對季望初而言，現在他可以名正言順拒絕馮志剛約自己放學後去哪玩，甚至馮志剛為了躲劉之昂，自己就會閃得遠遠的，十分省事。

今天同時是公布期中考成績的日子，導師賣關子般地從倒數第一名開始宣讀，當宣讀的進度進入前十名時，班上多出了幾分緊張氣氛。

還沒被宣讀成績的人，每個都想當前三名，甚至每個都希望自己是第一。

而全班第一名的寶座，最後毫無懸念地由幾乎滿分的季望初拿下。他的成績同時是全學年第一名，原本對他沒特別關心的導師，今天對他格外熱情。

畢竟，以前他只是個成績好的孩子，現在卻有可能是創校以來數一數二的天才，如果好好培養，很有可能為學校拿下很多榮譽。

劉之昂一聽到季望初的成績就興奮了，他忍不住直接拿出手機，給季望初發訊息。

『林秀芳，你這成績可真猛，不枉費我特地轉班啊！以後考試就拜託你了，有你在，我爸對我的成績一定滿意！』

季望初掃了一眼訊息，冷淡地輸入回應。

『我聽說你原本成績平均二十左右，你只能先抄到六十，否則進步太快，誰都猜得到你作弊。』

『六十？我不能直接抄成滿分嗎？』

『全班就你跟我滿分，然後剛好坐在隔壁？你當大家眼睛都瞎了嗎？』

劉之昂反駁不了他，停頓了好一陣子，才又發訊息過去。

『我就不能演個轉班之後奮發努力的天才，享受大家崇拜驚訝的目光嗎？就當作之前是我不想念書，只要我想，我馬上就能考滿分啊。』

『那你就會被叫到老師辦公室獨立測驗，你爸也會考你考卷上的題目是怎麼算出來的，於是馬上就穿幫。我答應幫忙你作弊，可沒答應幫你補習。』

季望初毫不客氣地直接回訊息打醒他，劉之昂看完一下子就頹了，索性趴到桌上睡覺，完全沒有好好上課的意思。

盯著螢幕的少年鬼魂對剛剛的畫面也很震驚。

『他們為什麼可以上課時間公然使用手機？老師不糾正他們嗎？還是沒看見？』

對於他的發言，瑛昭內心第一個浮出的想法是：林秀芳還真是個遵守各種紀律的乖巧好學生。

過去在神界的三千年裡，瑛昭也屬於奉公守法的乖巧類型，但他知道那是自己的行事準則，不代表每個神仙都會跟他一樣，也知道遵守紀律只是理論上該做的事，事實上有很多模糊地帶。

雖然他沒親眼見識過犯法的神可以壞到什麼程度，但多少有所耳聞，也明白各種小地方的違法是常態。他自己遇到時，只要沒太過分，就會睜一隻眼閉一隻眼，當作沒看到。

林秀芳卻不是這樣。從他的態度看來，應該是想都沒想過會有人違法，彷彿不遵守規定是不可思議的事，這也讓瑛昭感到奇怪。

「你以前上課的時候，都沒看過同學玩手機嗎？」

被問到這個問題，少年鬼魂無奈地低下頭。

『**我上課的時候都很專心，從來沒注意同學在做什麼，而且我跟他們都沒什麼交情，當然也不會有人找我說話還是傳訊息給我……**』

「……你真的是個優秀的好學生。」

瑛昭以前參加過一些神講道的集會，雖然他抱持學習的心態，但有時還是會留意到其他神仙的動靜。林秀芳這種專注力，實在難得一見。

「對了，馮志剛上課時也不會傳訊息給你嗎？」

少年鬼魂稍做回想後，露出了驚訝的表情。

『**好像……有時候會？因為我都下課時間才看，所以沒意識到他是上課時間傳訊息給我。**』

看來除了很乖，還很遲鈍啊。

瑛昭在內心嘆息。

「所以，即使馮志剛是你唯一的朋友，上課時你還是不會關注他的一舉一動？」

瑛昭想說的是「暗戀的人」，不過不方便說出口，只好改成「唯一的朋友」。

據他所知，暗戀對象是很特別的存在，是比朋友還特別很多的那種，所以他才會好奇發問。

『對啊，要好好聽課、好好學習，才能考得好。』

能夠忍住各種誘惑、專心向學的青少年，也不知這世界上還有幾個。

嚴格來說，林秀芳其實是個好孩子，卻不被母親喜愛；求學過程中遭遇許多不好的對待，還年紀輕輕就不明不白地死了，讓人十分心疼。

咦，所以這算是我上任以來，第一個接到的……符合我歷練初衷的案子？這孩子讓人很想幫助他，但我能做的好像也不多，希望季先生可以做出一個讓他滿意的結果吧。

*

螢幕上，導師將季望初找去辦公室，溫柔親切地跟他說接下來有什麼全國性的比賽跟考試可以參加，並希望他可以參與校內的測試，通過測試即可成為學校代表，到時候對升學加分很有幫助——這段說明大約持續了二十分鐘，季望初拿了一堆資料回去，說是要跟家長討論，畢竟報名也是要錢的。

今天沒有體育課，他們打算過幾天再實行計畫，劉之昂約季望初放學後一起走，這次他們一樣是去吃冰。

「按照我們的計畫，我應該要持續施壓對吧？那我現在發訊息給他囉？」

「你要發什麼？」

見他好奇，劉之昂便將打好的訊息秀給他看。

手機上寫著：『**林秀芳還是不肯跟我出去，你到底能不能搞定？把我當傻子耍嗎？我已經沒耐心了。**』

「好啊，你發吧。」

「我們就看他會不會馬上聯繫你，然後看他會說什麼。」

他那興致勃勃的樣子，讓季望初挑了挑眉。

「你好像很期待？」

「我迫不及待想幫助你看清他的真面目啊。」

「他的真面目我又不是不知道，不就是個為了巴結有錢惡霸能出賣朋友的人嗎？」

這個說法讓劉之昂不太滿意。

「什麼叫做有錢惡霸，講得好像我是大壞蛋一樣。」

「別太在意這種小細節，而且你本來就很壞。」

「算了算了，不說這個，你手機響啦，快接吧！」

或許是嫌訊息來回太慢，很難溝通，馮志剛直接就打電話給季望初。要是他知道這兩人根本就聚在一起看他的醜態，不曉得會不會氣到吐血。

「喂？」

『秀芳，今天我忘了恭喜你考第一名，我就是想問……你媽應該可以讓你出去玩了吧？』

聽了他的開場白，季望初笑了笑，用充滿期待的語氣開口。

「是啊！志剛，你要找我去哪玩嗎？」

劉之昂坐在旁邊，一面偷聽一面憋笑，馮志剛被這句話堵得一時不知該怎麼接下去，過了幾秒才回答。

『不是，我只是想提醒你，之前答應過的事情該兌現了吧，劉之昂怎麼說你不肯跟他出去？』

「又是這件事啊，我當初是答應過，但現在不想赴約了，難道不可以嗎？我知道你會為難，那你叫他直接來跟我說啊，有什麼事情我自己負責嘛。」

季望初繼續扮演天真不懂事的林秀芳，劉之昂則看準時間打了插播電話過去。

『**秀芳，我有電話，待會再打給你。**』

說著，馮志剛沒等季望初應聲就掛斷電話，顯然是怕劉之昂等急了會發飆。

劉之昂那邊的電話接通後，他對季望初使了個「看我表演」的眼色，便惡聲惡氣地開了口。

「響了三聲才接，皮在癢了？你是不是以為我不會真的對你怎麼樣，所以開始不把我的事情放在心上？你爸的工作還想要嗎？」

此時此刻，劉之昂的神態語氣都與和季望初說話時完全不同。直到現在，瑛昭才覺得他有幾分校園惡霸的樣子，旁觀的少年鬼魂則顫抖了一下，也不知是不是想起什麼不好的記憶。

馮志剛才惶恐地道歉，劉之昂就冷哼了一聲。

「你不用再找藉口，我打這通電話只是要告訴你，在我面前說大話是要付出代價的，等著瞧吧！」

『**昂哥！等等！再給我一次機會，他真的很聽我的話，只是最近……可能他心情不**

好，他家裡的狀況挺複雜的，所以才變得比較難溝通，平時他不是這樣的，我一定會好好跟他講，讓他乖乖配合，相信我啊！』

他似乎很怕劉之昂直接掛掉電話，話講得相當急，甚至還帶了點哭音。

看到這樣的表現，瑛昭也沉思了起來。

其實馮志剛也只是個孩子，遇到這種事情多半不知道該怎麼辦才好吧？從對話聽來，告訴家長應該沒有用，他可能很無助，壓力也很大。怎麼說呢……該說大快人心嗎？想到他做過的事情，還真是無法同情他。

『從來沒見過志剛這麼狼狽的樣子……』

少年鬼魂話語中複雜的情緒，讓瑛昭分辨不出他是高興還是不高興。

而劉之昂那邊的威脅嘲諷還在繼續。

「我信你幾次了？不然這樣吧，我給你幾天時間準備，下禮拜體育課的時候，你當著大家的面裸奔一圈，事情就一筆勾消。如果你會心疼你爸，就乖乖照辦，否則我一定拿你爸開刀，說到做到！」

當眾裸奔這種事，只要是有點羞恥心的人，都不會想做。馮志剛當然也不願意，他掙扎著想找人當替死鬼。

『昂哥，林秀芳有說，是他自己失約，要怪都怪在他頭上，不要怪我啊！他說他可以負責，承擔一切的，他真的有說！』

聽了這番話，劉之昂不由得心中惱火。

「你要他承擔什麼？承擔你誇下海口的後果？馮志剛，你還能再更不要臉一點嗎？」

語畢，他隨即掛斷電話，轉頭面向季望初時，又變回了笑容滿面的模樣。

「怎麼樣，有什麼感想？」

「感想喔，惡人自有惡人磨吧。」

「什麼嘛，你又說我是惡人？」

「難道不是嗎？你就是靠著家族勢力作威作福嘛，老實點，承認自己是惡人，有什麼關係？反正現在是我得利，我又不嫌你壞。」

聽他這麼說，劉之昂的臉色總算好看了點。

「我還以為你要迂腐地開始訓話，說我不該那麼做呢！那樣的話可就無趣了，我最討厭那種自以為有良知的朋友，相較之下，我還寧可去找我那些沒腦袋的小弟玩。」

「那我跟你不一樣。」

季望初說著，吃完了最後一口冰。

「與其跟笨蛋一起玩，還不如自己一個人就好。」

看著螢幕上的季望初說出這種話，瑛昭吞了口口水，忽然有點緊張。

看來……我平時的發言必須謹慎，千萬不能被季先生當成笨蛋啊！我只是因為初次出來歷練，才顯得什麼事都不懂，但我不笨的！千萬別不理我！

季望初那邊，吃完冰的兩人離開了小店，劉之昂還饒有興致地又問了一個問題。

「你覺得他會不會再來找你？求你幫忙之類的。」

「我覺得不會。他不認為我幫得上忙。」

「接下來我們只要在班上做做樣子，他就會認為你跟我有交情，這麼一來還是會來找你的吧？」

劉之昂不死心的模樣，讓季望初側目。

「你到底多希望他來找我啊？不就說了，我已經知道他的真面目？」

「嘿嘿，我只是覺得他應該體會一下回頭求你的感覺，沒辦法，我實在太不喜歡他了。」

劉之昂說著，忽然想起一件事。

「對了，我有個小道消息，好像還沒跟你說過。你知道當初他為什麼會跟你交朋友嗎？」

這件事，因為聽林秀芳本人講過，季望初是知道的。不過，這個時空裡的「林秀芳」還不知道這件事，所以他搖了搖頭。

「他啊，是跟自己的豬朋狗友打賭，說自己能取得你的信任，讓你把他當朋友，還說要藉此影響你的成績，好讓你跌出前五名，失去跟他們競爭的機會呢！小小年紀心機就這麼重，不靠自己念書來爭取名次，而是耍手段讓競爭對手消失，當然要讓他提早體會世界的殘酷啊！」

他這副老氣橫秋的樣子，讓季望初有點想笑，但似乎是考慮到話題的嚴肅性，他忍住了。

「真令人噁心。」

「對吧？所以就是要反過來讓他的成績變差，這樣才爽！」

「他的成績是否變差，我是無所謂，對我來說顧好自己的成績比較重要。」

「啥？要是有人敢這樣對我，搞到他退學都算是輕的，你怎麼都不跟他計較呢？」

「我有要跟他計較啊，不是要你去給他偷內褲了嗎？」

季望初一提起這個計畫，劉之昂就臉上抽搐，十分不想面對。

「我真是越來越討厭他了，這個計畫能不能換一個？直接一點，我找人弄昏他，然後叫我小弟犧牲自己脫光跟他睡同一張床，我們再拍點照片散播出去，一樣可以毀了他的名譽吧？最重要的是，這樣我比較開心啊。」

「你要是這麼做，可就鬧大了，學校那邊說不定會介入調查，馮志剛也有可能會報警，確定你爸壓得下來嗎？或者該說，你爸不會介意你給他找這種麻煩嗎？」

季望初的問題讓劉之昂發出意義不明的呻吟，好半晌，他才重新看向季望初。

「你就沒有另一個備案嗎？」

「你到底還想不想要我喊你一聲『哥』啊？」

見他彷彿就是要逼自己執行偷內褲計畫，劉之昂面孔扭曲，看起來相當不情願。

「我告訴你，這幾天我仔細想過，腦袋已經變清楚了，不過是一個稱呼，哪裡值得我做出這樣的犧牲呢！」

「喔？那你決定喊我『哥』了？」

「放棄讓你喊我『哥』，不等於我要喊你『哥』吧！別以為我這麼好拐！」

他的回話讓季望初嘖嘖稱奇。

初。

「哇喔，變聰明了，不好騙了呢。」

「你這是什麼意思！太瞧不起人了吧！」

螢幕中上演起高中男生的打鬧，少年鬼魂看起來已經放空，瑛昭則是持續敬佩季望

季先生都不知道幾歲了，還可以跟高中生嬉笑玩耍，好厲害啊！這也是多次任務累積下來的經驗嗎？

好想看季先生扮演各種角色啊。其實嚴格來說，季先生扮演的林秀芳，沉著冷靜的那個部分一點也不像高中生，可是都沒有人質疑他，他也能自然跟同年齡的人相處，那就夠了啊！

……等一等，他相處過的同年齡人只有馮志剛跟劉之昂，這到底算不算能跟同年齡人自然相處？

算了，還是不要想太多，專心看季先生表演就好。

此時螢幕上的兩人已經結束了無謂的吵鬧，重新談起對付馮志剛的事。

「如果你真的這麼想要當『哥』，又不想讓自己的內褲跟馮志剛扯上關係，我是能勉強提供你另一個方案啦……」

季望初慢條斯理地這麼說，劉之昂聽了，連忙追問。

「是什麼？你快說呀！」

「裸奔什麼的也不必了，就讓他在班級論壇上發一篇文承認自己嫉妒我的成績，想害我考不上，根本不是真心想跟我當朋友，然後在文章裡鄭重向我道歉，這樣就行了。對你來說應該不難吧？」

季望初開出的條件，讓劉之昂愣了一下，才用古怪的眼光審視他。

「我說你啊，表面一副沒把那傢伙放在心上的樣子，但根本在意得要死吧？」

「你怎麼會這麼想？沒有這回事。」

「還不承認？繞來繞去你就是不甘心，才會想要他發文承認錯誤嘛！」

如果是季望初本人，當然是一點也不在意，但林秀芳本人應該非常在意，這點瑛昭知道，季望初也知道。

「那你就當作我在意好了。他好歹是我第一個朋友，結果都是假的。昂哥，你不幫我嗎？我只是想討個公道，不過分吧？」

此時季望初做出了哀傷的神情，低垂著眼皮，聲音也帶著落寞。

「怎麼可能不幫你啊！我只是多問幾句，你就懷疑我對你的真心了嗎？」

劉之昂握起季望初的手，半開玩笑地應承下此事。

「放心！交給我去辦！你要他寫幾個字？千字文還是萬字文？只要你開口，我今天就能叫他通宵寫出來！」

「六百字就夠了，謝謝。他寫出來的那些肺腑之言，我怕自己看多了會噁心。」

聽到六百字，劉之昂皺了皺眉，顯然不太滿意，但也沒提出異議。

「嘖，我回家就處理。那王八蛋要是敢說你實際上沒損失什麼，我就揍死他。」

「聽起來很像是他會找的藉口。如果你要揍死他，我也不反對。總之，等他發了文，我就不用繼續敷衍他，可以直接跟他絕交了，對我來說這是最好的消息，省得心煩。」

林秀芳的家就在眼前，於是，季望初說完這番話後，微微一笑，跟劉之昂說了聲明天見，便朝自己家走去。

*

看完這一段，瑛昭不禁沉思起來。

剛才那悲傷的表現是真正的演技吧？還順勢喊了聲「昂哥」，季先生是不是一切都算得好好的，完全預料到自己這麼說會讓對方有什麼反應？

而且……從結果看來，搞不好一開始那個偷內褲的提議不是認真的，只是刻意提出一個劉之昂不會喜歡的做法，等劉之昂來商量更改，就能提出自己真正的訴求，對方答應的機率就更高了？

我居然還真的以為季先生想讓劉之昂去誣賴那傢伙偷內褲！實在太天真，想得太少了，都不知道季先生的用心良苦！

瑛昭認真檢討後，發現少年鬼魂臉色蒼白、眼神驚慌，頓時不解地問了一句。

「林秀芳，怎麼了嗎？季先生提出的要求，你難道不能接受？」

『不是的，我只是……』

少年鬼魂猶豫了幾秒，才語帶驚慌地發問。

『劉之昂該不會喜歡上我了吧？』

「……」

瑛昭還真不知該如何回答這個問題。

這個好像……不是重點吧？孩子，你不覺得你該關心的是其他事情嗎？怎麼你看了半天，現在居然是為了這種事感到驚慌？

「你從哪裡得出這個結論的？」

『他、他肯幫這個忙，就已經很怪了啊！學校裡沒有人使喚得動他的，現在卻肯為我做這麼麻煩的事！』

「你有沒有想過，這可能是因為他需要你幫忙寫作業、交報告，還有作弊？」

瑛昭試圖從功利的角度說服少年，他卻搖了搖頭，沒有接受這個假設。

『就算如此，他也不用一直請我吃冰吧？』

「你想想，他們家隨便就能拿出幾千萬捐給學校，請你吃冰的錢只是小到不能再更小的錢，對他來說根本不算什麼啊。」

瑛昭原本以為少年鬼魂會安靜下來好好思考，然後發現一切都是誤會，但事情不如他所想。

『可是他還送我回家耶！他又不住這附近，還一次又一次送我回家，這真的太不正常了吧！』

被少年鬼魂一連否定幾次後，反而是瑛昭動搖了。

咦……這麼說來，的確幾次放學後一起走，都是劉之昂送季先生回家，陪他搭公車、走路，這是不是……確實不太尋常？

等等，我的想法怎麼被他帶偏了？

「說不定他只是不想被人知道自己住哪，所以才配合季先生一起走啊。」

瑛昭試圖把焦點拉到「有錢人想的跟你不同」上面，可惜他還是說服不了對方。

『我不信。』

「……那你也可以當作，這些配合都是為了季先生的價值嘛。」

『如果只是為了考試跟作業，他可以找其他好學生，不見得要找一個這麼麻煩的人啊！反正他只是追求成績變好，沒有一定要找第一名幫忙吧？』

在瑛昭看來，少年鬼魂已經深陷自己的假想中，如果沒看到實質證據，恐怕說什麼也不會相信自己的懷疑是錯的。

「你不是個從小到大幾乎都沒跟人交際過的高中生嗎，怎麼會這麼敏感，知道什麼行為代表喜歡？」

這個時候，瑛昭倒是好奇起了這一點。

『就是……跟劉之昂那幾個小弟混的時候，聽聽看看學會的。』

聽他這麼解釋，瑛昭不曉得該不該說：你的學習能力還真優秀。

「就算劉之昂真的喜歡上你了，應該也沒關係吧？」
他才剛說出這句話，少年鬼魂就露出驚恐的神情。
『**這太可怕了！太可怕了！**』
「為什麼可怕？你擔心他會逼你跟他在一起？」
『**差、差不多吧……**』
少年鬼魂低下頭，面上仍舊驚魂未定。
「所以……你覺得自己不可能喜歡他，即使他對你好？」
在瑛昭的主觀審美中，劉之昂長得比馮志剛帥，但喜不喜歡一個人，長相只占了一部分。
只是，林秀芳之所以喜歡馮志剛，可能是因為對方曾經對他好，如果用這個標準來看，劉之昂應該更符合「被喜歡」的標準才是。
『**他太可怕了，喜怒無常，無法猜出他在想什麼，我當然不可能喜歡他啊！**』
「但你也沒辦法看出馮志剛在想什麼不是嗎？」
話一說出口，瑛昭就想揍自己了。
糟糕，一個不小心……我怎麼講話不經過大腦呢！

而少年鬼魂一聽到他的話，立即全身僵硬。

『我沒有喜歡志剛。』

瑛昭自暴自棄地進行讀心，果然聽見了少年鬼魂內心的尖叫。

（為什麼他會這麼說？難道很明顯嗎？是誰都看得出來的程度嗎？那志剛呢？他是不是早就看出來了？班上那些人也都知道嗎？）

……現在該怎麼安撫他啊？是不是該裝作我口誤，或者聲明我不是那個意思，只是用朋友的喜歡來類比？說謊跟承認，哪一個比較好呢？

「咳，我的意思是，你很喜歡馮志剛這個朋友吧，至少你先前很不想失去這段友誼，我想到這個才會拿馮志剛做對比。」

最後瑛昭選擇裝傻，當作自己什麼都不知道。

『喔……我覺得不太一樣，當初我會不想失去這段友誼，是因為我對志剛……算是一開始好感度很高吧，有了感情就比較難捨下，而之所以好感度高，是因為我以為他無私地幫助我，沒想到……』

少年鬼魂解釋了一下自己的心路歷程，說著說著，又沉默了下來。

「知道他別有居心後，一開始好感度成立的條件不就不存在了嗎？為什麼你還是放不下他呢？」

瑛昭之所以問這麼多，也是由於想了解人類。

想了解人類是出於他的求知欲，事實上這對他的修行沒什麼幫助，所以母親才會如此不贊同他下凡歷練。

人類是一種了解得越多，越會失望的生物——母親總是這麼說，但他並不認同這一點。

比起了解得越多就越失望，他覺得，理應是了解得不夠多，所以才會失望。

『……**感情哪是說收就收得回來呢，而且直到我死，志剛也還沒直接承認過一切，我都是從別人口中聽說的，才正要約他談談，也不知道他會不會來……**』

少年鬼魂的思緒又回到死亡的那一天，整個人恍惚了起來。

「那你現在能確定了嗎？」

經過季望初跟劉之昂的談話，以及馮志剛的態度，瑛昭認為，事實已經很明顯了。

『**等他……寫出那篇道歉文吧。**』

他像是還想抱持最後一絲希望，沒到最後，就不想給馮志剛判死刑。

＊

公開自己的壞心思並道歉，跟當眾裸奔比起來，哪個比較讓人不想做呢？

對馮志剛來說，他恐怕兩個都萬分不想，但在劉之昂的壓迫下，他不得不做——而且劉之昂也不讓他選。他只能乖乖寫懺悔文，完全沒有討價還價的空間。

劉之昂辦事很有效率，懺悔文過沒兩天就發布在班級論壇上，文章一貼出，便引起班上同學的議論，季望初還是在劉之昂的提醒下才曉得去看。

電話那頭，劉之昂的聲音顯得洋洋得意，還有幾分邀功的意味。

『你看看滿不滿意，我可是有先審核過的，寫得不好的地方我已經叫他改了，要是你覺得還不夠，也可以叫他再修。』

「還審稿啊？這麼用心？」

季望初現在有電腦可用了。那天他帶著第一名的成績還有那堆老師給的資料回家，跟母親的男友報告狀況後，對方興高采烈地說從沒關心過他的學業成績，沒想到他這麼會念書，然後就買了電腦給他，還說比賽的報名費都會幫忙出。

他這般表現，也讓瑛昭覺得這個男人並不壞，只是看不起以前的林秀芳畏畏縮縮的樣子，所以才懶得了解這個少年，加上林秀芳從沒說過自己需要什麼，他也就沒主動給予幫助。

學校論壇上，幾個平時就看馮志剛不爽的同學已經帶起了討論，季望初粗略看了那篇文章，裡面詳細提到賭約與設計陷害林秀芳的事情，並在文章的最後說自己對不起林秀芳，慎重道了歉。

看著任務畫面的少年鬼魂自然也將整篇文章收入眼底，目中一暗，一句話也沒說。

論壇上不少同學疑惑馮志剛的行為，畢竟這種事爆出來，對他一點好處也沒有，大家都不明白他為什麼要主動發文，幾位參與打賭的同學更是氣得跳腳，指責他有病，想裝作良心發現洗白自己，然後推卸責任。

身為這個事件的主角之一，季望初冷淡地看著這些看熱鬧的留言，好半晌才回了電話裡的劉之昂一句。

「寫得還可以，不用改了。」

『你要不要回文啊？痛罵他幾句？』

劉之昂似乎看熱鬧看得很開心，還嫌場面不夠混亂，想讓季望初也出面。

「不了，我不想浪費時間在他身上。」

『啊？你不喜歡打落水狗嗎？』

「他又不會覺得痛。現在他鐵定覺得我跟你搞上了，你才會幫我出氣，他又不是真心想懺悔，我罵他，他也不會羞愧的。」

季望初瀏覽了一下同學們的觀點，然後這樣回答。

『搞上了？這個詞不錯，我喜歡。』

劉之昂關注的焦點異於常人，他這句話則讓觀看中的林秀芳鬼魂再度惶恐。你看！他果然喜歡上我了——瑛昭覺得少年鬼魂的眼神就是在說這句話。

螢幕上，劉之昂已經和季望初閒聊起來，順便嘲笑某些同學的發言。

『你看看十八樓，也是個唯恐天下不亂的，居然趁亂爆料，哈哈哈，原來馮志剛也暗算過別人，我曝光他的真面目算是做好事吧？』

「可惜班級論壇不能註冊匿名小號，不然說不定可以造謠，說他偷過你的內褲。」

此話一出，電話那頭立即傳來劉之昂劇烈咳嗽的聲音，他咳了好一陣子才恢復說話能力。

『你就這麼喜歡原本那個提案？為什麼如此堅持偷內褲啦！』

「我想到了，雖然不能創匿名小號，但我可以用本帳造謠啊。我現在就回文說他偷過你的內褲，事情發展應該會很精采吧。」

『喂！住手！別亂發！我告訴你，他怕得罪我，你說出這種話，他一定會馬上出來否認的！』

劉之昂語氣著急地阻止著，季望初則愉快地在鍵盤上開始敲打內容。

「否認又如何？在同學眼中他就是作賊心虛，至少會有一半的人認為他真的有偷吧，畢竟我的形象擺在那裡，我有什麼必要說謊呢？這樣一來，你不用損失內褲，也一樣能汙衊他偷你內褲，這不是很划算嗎？」

看樣子他是認真的，回覆的文字都已經輸入完畢，但他沒有立刻送出，而是等待劉之昂的反應。

『你就不能換個人嗎！或者不指名也行啊！』

「你放心，我說是你，大家也不敢問你的，不就是給你一個痛揍馮志剛的機會嗎？名正言順呢。」

大概是覺得劉之昂的反應不夠激烈，季望初就這樣把寫好的內容送出了。

林秀芳：**『既然你這樣對我，我也不幫你保守祕密了。爆個料，馮志剛偷過劉之昂的內褲，至於是拿來做什麼的，我不知道也不想知道，別來問我。』**

『要死了，你還真的發！我是想看熱鬧，但不想看自己的熱鬧啊！』

「你也可以回啊，加入戰局。」

『可惡！』

劉之昂一氣之下，也跟著回了一篇。

劉之昂：『慢著，你說什麼？明明就是你的內褲被偷吧！扯到我身上做什麼？』

見他想將自己拖下水，季望初也快速輸入回文。

林秀芳：『他確實偷了你的內褲，只是你不知道而已，這都是他親口告訴我的。』

這段話算是給了劉之昂一個台階。既然只是聽馮志剛說過，那就可以當成馮志剛隨便說謊吹噓，劉之昂也抓到了這個重點。

劉之昂：『好啊，馮志剛，居然敢說謊占便宜占到我頭上來！你等著瞧！』

馮志剛發文後，鐵定也心神不寧地一直盯著論壇的狀況，一分鐘前他可能正急著想澄清自己沒偷過，但現在他需要澄清的，已經變成自己沒說過這種話了。

此時，季望初的手機出現插播，他便跟劉之昂說了一聲。

「我有插播電話，應該是馮志剛打來的吧。」

『哈哈哈！你要不要接？我真想知道他會說什麼。』

「是可以接一下啦，那我先掛斷，待會再打給你。」
季望初本身有沒有興趣接這通電話，瑛昭並不清楚，但林秀芳的靈魂一定很想知道馮志剛想說的話，或許季望初是為了讓他看才接的。
「喂？」
『林秀芳！你為什麼要害我？我什麼時候說過那種話，你怎麼可以公然造謠！』
馮志剛的憤怒隔著電話傳了過來，季望初則輕笑一聲，反問了一句。
「我還以為『你為什麼要害我』這句話是我的台詞，沒想到卻被你搶去用了。你現在質問我的態度，跟你的懺悔文真是判若兩人，馮志剛同學，你不覺得自己很有趣嗎？」
他這一段話，直接將馮志剛堵得半晌說不出話來，好一陣子才再次開口。
『我不是已經道歉了嗎？』
「喔。我有接受嗎？我有說我原諒你了嗎？還是在你的觀念裡，只要道歉了，前面的事情就可以一筆勾消？那麼只要我現在道歉，不管我說過什麼都沒有關係了吧？」
『你……反正你承認自己是在亂說了，是不是？你承認自己在論壇上造謠，說我偷劉之昂的內褲！』

聽他這麼說，季望初又笑了一聲。

「我哪有亂說？你就是偷過，我沒說謊。你找劉之昂澄清去吧，我懶得跟你多說了，再見。」

『**林秀芳！等等——**』

季望初乾脆地掛斷電話，然後就封鎖了馮志剛的手機號碼，再回電給劉之昂，大略轉述了剛才的交談。

『**嘖嘖，這傢伙真的很不要臉耶，話說你怎麼不承認自己亂說啊？難道他真的有偷？**』

劉之昂的疑惑讓季望初忍俊不住，笑了好幾聲才回答。

「你居然懷疑起來了？我之所以不承認，是因為他的問法很刻意，我懷疑他正在錄音，所以才不承認。我怎麼可能留個證據給他使用呢？現在我把他設成黑名單了，但怕他換號碼繼續騷擾我，先關機了，有事找我可以網路上聯絡。」

結束這通電話後，季望初順手把家裡的電話線拔掉，接著就繼續瀏覽班級論壇上的新留言。

大部分的同學都在看熱鬧，因為這事扯上了劉之昂，這裡又不是匿名論壇，所以大家不敢說太過分的話，幾乎都在聲討馮志剛，只有少數幾個人想理性討論，但這類留言很快就被埋沒在起鬨之下。

馮志剛：『林秀芳你開手機！不接我電話就代表你心虛！』

馮志剛大概是發現手機跟家裡電話都打不通，失去理智的情況下，乾脆直接留言，想逼他出來面對。

這種狀況下，冷處理是最好的，但季望初一點也不怕鬧大，當即回覆了留言。

林秀芳：『別再糾纏不休了，難道上面劉之昂說你偷過我內褲也是真的嗎？你真噁心。』

他送出訊息後，風向為之一變，同學們開始猜測馮志剛之所以這樣對他，是暗戀他又得不到，才會心生怨恨，劉之昂還適時地補刀。

劉之昂：『原來是這樣？我就說你幹嘛偷我內褲！原來那時我跟你說，找你幫忙約林秀芳，你就不爽了？你這個人就只會用偷內褲解決事情嗎！』

看樣子，劉之昂已經豁出去，打算徹底將偷內褲的帽子套到馮志剛頭上。

這則訊息出來後，馮志剛好一陣子沒回覆，劉之昂則在不久之後又回了一句。

劉之昂：『你別再打來了，直接轉學吧！』

顯然這段時間裡，馮志剛應該一直試圖打電話給劉之昂解釋，可惜他的努力毫無意義，劉之昂從一開始就知道真相，當然不可能理他。

事情到這裡，已經差不多告一段落，三個人都沒繼續回應，同學們沒有新的爆料可看，就慢慢散了。

次日，馮志剛沒來上學，班上氣氛相當詭異，也有幾個人偷偷觀察季望初，像是想問問情況，又怕惹到旁邊的劉之昂，所以沒敢過來。

一連幾天過去，馮志剛都沒現身，接著導師便宣布他轉學了。同學們表面上沒什麼反應，但大家都知道是怎麼回事。

「你還真把人逼退學了啊？」

放學後，季望初主動約劉之昂去吃冰，順便問一下詳情。

「我什麼都沒做啊，是他自己沒臉見人吧？也可能是被我嚇唬住了，深怕來上學會被我追殺，所以主動轉學吧？算他識相，否則我還得想想要怎麼收拾他。」

劉之昂表示自己沒有干預，一切都是馮志剛想太多。

「喔。原來不是你出了力啊，本來我還想感謝你的，那今天的冰還是你請吧。」

「喂！你叫我請客，也說得太理所當然了吧！就算你不感謝我了，為什麼你找我來吃冰還是我請客？這是什麼道理？」

劉之昂不滿地抗議，季望初則立即生了個理由出來。

「今天我生日。」

「……咦？你生日？」

劉之昂先是傻眼了好幾秒，才回過神。

「你怎麼不早說！兄弟生日怎麼能請吃個冰而已呢！不行，你跟你媽說一聲，我帶你去吃好料！再說約你唱歌約了這麼久，也該去一次了吧？」

「跟你唱歌可以，但如果要帶上你的笨蛋小弟，那就不必了。」

季望初這麼說之後，劉之昂瞬間露出困擾的表情。

「只有我們兩個去唱歌嗎？這也太奇怪了吧，還是叫上幾個女生？」

「你就這麼需要一夥人拱著你唱歌嗎？」

「誰需要啊！走！唱歌去！」

馮志剛就這麼從「林秀芳」的人生裡消失了，隨著他的消失，「林秀芳」的人生彷彿也慢慢步上正軌。

除了跟他交情越來越好的劉之昂，有些同學也開始與他接觸，他多了幾個說得上話的普通朋友，學業順利，師長對他的關注也變多了。

母親在開始看心理諮商後，雖然短期內狀況還沒有明顯的改善，但已經很少再強迫他穿裙子，也沒有逼他再將頭髮留長。

而那位母親的男友，多少有了點「繼父」的樣子，在他的支持下，少年報名了幾個國內的競試，成功獲得亮眼的成績，期末考也照樣拿了第一名。

少年鬼魂與季望初約定的一年，就這麼結束了。

＊

任務時間結束，季望初主動終止流程，他的本體很快就回到瑛昭的辦公室，重新凝聚成形，顯現出來。

回到現實世界後，他看向抿著唇的少年鬼魂，一開口就直奔主題。

「代號四五三六六三號，我們約定好的任務時間已經結束，對於這一年的改變，你看了以後滿意嗎？給個答覆吧。」

少年鬼魂張了張唇，像是想開口，又不知道該說什麼。

季望初也沒催促，足足等了一分鐘，對方才出聲。

『我想……我應該是不滿意的。』

在他說出答案前，瑛昭沒有把握他會怎麼回答，聽到他說不滿意，瑛昭登時忍不住追問。

「為什麼不滿意呢？」

『其實我看到一半就知道了，我不可能滿意，因為這些改變——這一切，全都是由於身在其中的人是你，才有可能辦到。』

少年鬼魂說著，淒然一笑。

『只要進行這段人生的人是我，就什麼也不會改變。也許你替我說了很多我說不出口的話，做了很多我不敢做的事，可是……那不代表換成是我，就能一樣冷靜果斷地執行。所以我不滿意，這就是我的理由。』

他說出來的理由，讓季望初為之沉默，瑛昭也愣了愣，沒有馬上回應。

嚴格來說，他覺得自己並未完全聽懂少年在說什麼。他好像能勉強明白林秀芳的意思，卻又感覺自己無法確切體會。

瑛昭認為，少年或許是意識到自己被困在自己的心靈枷鎖中，無法打破枷鎖改變命運，而他真正想看的是在背負枷鎖的情況下，事情是否還能有其他可能，只是季望初展現的，是擺脫枷鎖後自由的他，那並非他能憑藉自身達到的狀況。

這個理由……是合理的吧？雖然我耍賴駁回就可以送他去投胎，可是我答應過，只要合理，我就會接受他的否定，那我要讓季先生做白工嗎？

瑛昭糾結再三，最後還是認為自己該遵守約定。

「我明白了，我接受你的理由，那麼合約就此作廢。」

在他說完這句話後，神力製成的合約在半空中顯現，而後銷毀，季望初對此沒有發表任何意見，算是默認了瑛昭的決定。

「既然如此，我們就把你送回去——」

『**請等一下。**』

少年鬼魂打斷了瑛昭的話，這時，瑛昭才注意到他目中含淚，彷彿強忍著情緒，才沒有直接哭出來。

咦？怎麼了？難道要進入客訴環節？要抱怨我們任務流程有所不妥嗎？

瑛昭正心驚著，少年鬼魂就哽咽地說了下去。

『**雖然我不滿意，但我願意投胎轉世。我想，這麼長久以來的不甘心與糾結，已**

經夠了，其實裡面更多的是對我自己的不滿意……轉世以後一切重來，就會不一樣了吧？』

這個突如其來的轉折，讓瑛昭一時沒反應過來，季望初倒是很快就接了他的話。

「沒錯。轉世後，限制住你思想的這些記憶會全數消失，自然會有新的可能性，現在的煩惱也不會繼續存在，這是你最好的選擇。」

『嗯。』

少年鬼魂輕輕點了頭。

原先的合約雖然已經銷毀，但他們可以立即簽訂新合約，只要少年想去投胎，這些都不是問題。

在離開之前，少年鬼魂向他們道謝。

『謝謝你們為我做的一切，也謝謝你們做到了承諾，與我彼此信任。我很高興終於有人尊重我的想法，沒有強迫我去做自己希望我做的事，無論那件事情對我來說是不是好事。真的謝謝你們。』

接著，他被季望初用合約送走，瑛昭則反覆思索這一次任務，久久沒有回神。

「喂，在想什麼？怎麼失神了？」

季望初的聲音，讓瑛昭從沉思狀態中驚醒，他看向對方，困擾地問出一個問題。

「這些任務……無論是回到過去還是回去之後的狀況，實際上都只是神力塑造出來的幻境，模擬當時的人事物推演出來的，所以我們其實什麼也沒有改變，迫害了當事者的人沒有受到懲罰，一切都是假的，是這樣嗎？」

所謂的任務，並非真的扭轉時空，這件事瑛昭一開始就知道了。如果是真的扭轉時空回到過去，不可能只需要這點神力，而且為了一個靈魂改動那麼多人的命運，也不合理。

只是他到此刻才深思起這件事，並產生了一種無可奈何的無力感。

「你可以說一切都是假的，但我們模擬出來的幻境，都是根據真實世界的條件推算——這些過程對我而言都是真實存在，且會留下刻印，對當事者來說，也意義深重。」

季望初說著，見瑛昭仍皺著眉，便又補充一句。

「他們自己也曉得那只是模擬出來的幻境。願意簽約，就是想看看另一種可能性，比起糾結我們有沒有改變他的過去，更重要的應該是我們改變了未來，或者該說，我們讓他有了未來，這才是真正有意義的事。」

聽了這番話，瑛昭的神情總算放鬆下來，算是釋懷了。

「季先生，不好意思，我問了奇怪的問題，剛才還差點讓你做白工。」

「不會。那種事情沒什麼好在意的。」

「那我們趕緊來進行下一個任務——」

瑛昭才剛這麼說，就見季望初臉上一黑。

「自己看看幾點了！你付得出加班費嗎？走，下班回家！」

被季望初拖著下班的同時，瑛昭想著，這似乎是來到人界後，感覺最充實的一天。

他也才來幾天而已，能有這樣的收穫，使他堅定地相信，下凡歷練是個無比正確的決定。

除此之外，他心中還有另一個感嘆。

——第十九號部門，有季先生在，真是太好了。

——第一部完——

新年特別篇

瑛昭自從下凡後，便認真研究凡間的各種知識與規矩，節日習俗自然也在他研究的範圍內。

發現人類有過年的習俗後，他就研讀了網路上的粗略解說，卻又怕自己理解得不夠透徹，只好將夕生與洛陵叫來，打算好好問清楚，以免搞烏龍。

「夕生、洛陵，過年到底是怎麼回事，為什麼凡間好像一年有兩次過年？」

瑛昭的話乍聽之下很難懂，不過夕生很快就反應過來。

「您應該是說新年跟過年吧？這兩者不太一樣，不過這裡的人的確兩個日期都會過節沒錯。」

「新年是什麼？」

「新年指的是一月一日，算是西元年的過年，我們這邊過節比較久的是農曆年的年節，大約會在二月左右。」

這次回答問題的是洛陵，經過他的解釋，瑛昭依然有很多疑問。

「所以……我們兩個日期都要過節對嗎？緊接著要到來的一月一日，有什麼特別要注意的地方？」

「瑛昭大人，您不用煩惱這種事情，公司嘛，一月一日放假即可，沒什麼需要準備的，之後的年節才有年終獎金要發，至於祭拜跟聚餐，就看您怎麼想了，畢竟您本身就是神，民俗信仰類的活動不想舉辦，我們都能理解。」

夕生對他的疑惑做了一番說明，這讓瑛昭皺起眉頭。

什麼都不用準備？這樣真的沒問題嗎？好歹是個重大節日，部門卻只提供假期？

「那……你們新年假期通常都會做什麼？我剛剛查詢的時候，好像看到什麼跨年之類的……」

「喔！那是年輕人才會參加的活動啦，通常是熱戀中的情侶、曖昧中的人，或者一夥人揪團去的，跨年活動不怎麼好玩，又擠又累，而且每年都差不多，我最多在家裡看看新聞上的煙火就算了。」

夕生將跨年活動批評得一文不值，洛陵則稍微糾正了他的說法。

「是你在人間待太多年，才會覺得無聊吧？瑛昭大人可是一次都沒去過，對他來說可能很新鮮。」

「也許吧，不過一個人去的話真的沒有必要，我是不建議瑛昭大人親自去體驗啦，而且瑛昭大人長得這麼引人注目，去那種人超級多的地方，會引起騷動吧？台上表演的明星不可能有人比他好看啊。」

夕生仍舊不推薦瑛昭體驗跨年晚會之類的活動，於是瑛昭也遲疑了起來。

我的確找不到一大群朋友可以陪我一起去，不然就先看看電視，明年要是有興趣再說？總不能要部門裡的員工集體跟我一起跨年吧？聽說在下班後的時間安排交際活動，會被職員討厭，我看就聽夕生的話好了……

「我明白了，先預祝兩位新年快樂。」

「新年快樂。」

「新年快樂，明年也請多多指教唷！」

元旦假期，就這麼平淡無奇地過去了。跨年夜瑛昭甚至忘了要看電視，過節過得如此沒氣氛，讓他對自己的粗心大意感到沮喪。

我原本挺期待體驗一下凡間的節慶，結果完全沒有過到節的感覺啊！不行，農曆春節一定要好好過！

他下定決心後，打算等時間近一點再來查相關訊息，於是忙著忙著，時間又快到了，他卻仍沒察覺，直到夕生滿臉不好意思地來提醒他年終獎金的事情。

「珙昭大人，後天就是除夕了，不知道您有沒有打算發年終獎金給大家呢？我看了一下公司的營運狀況，如果您願意發，應該還是發得出一點。」

「除夕？年終獎金？」

對珙昭來說，這幾個詞都是他平時不會遇到的，因此他一時之間沒有反應過來。

「咦，珙昭大人，您完全忘了要過年嗎？沒關係！現在發年終獎金還來得及！但要辦尾牙就比較尷尬，現在不可能臨時訂到餐廳，假如您想舉辦，或許吃個春酒吧？」

過年？啊，過年！

好不容易，珙昭想起了這個詞，他震驚於時間過得不知不覺，連忙想惡補一下相關知識。

「除夕跟尾牙又是什麼呢？」

「我待會傳資料給您好了，您看完有什麼疑問再問，總之除夕是開始放假的日子，會一連放好幾天，公司這邊一樣沒有什麼需要準備的，您只需要決定開工日期就可以。」

夕生所說的一切，珙昭聽得很茫然，於是他決定看完春節相關的資料再說。

「你先把資料發給我吧，我看一看再決定。」

「好的！我這就回去準備。」

大約過了十分鐘，夕生就發送一份詳盡的資料到瑛昭的電子信箱，瑛昭心中默默稱讚了夕生的效率，不過打開文件後，從註解的語氣看來，這份資料應該是洛陵做的。

……結果是回去叫洛陵做，好吧，這也很符合夕生的個性。

瑛昭在心裡念了一句後，就開始認真閱讀這份資料，試圖找出現在還能進行的過節準備。

好像很多都是在家裡做的，那公司能做什麼呢？

祭拜方面，瑛昭沒有興趣，舉辦尾牙聚餐已經來不及，他翻來看去，只找到一個活動比較適合臨時舉辦。

「不然……來寫春聯好了？」

*

「寫春聯？您……想要大家一起寫啊？」

從夕生的語氣和僵硬的表情看來，他並不喜歡這個活動。

「是啊，過年總該有些公司的團體活動吧，這個看起來不難，大家應該都能有參與感，而且要準備的東西不多，活動經費也不貴。」

瑛昭一連說了幾個優點後，像是看出了他舉辦活動的決心，夕生沒再說什麼，洛陵也公事公辦地表示自己會去購置相關物品，事情就這麼敲定了。

「那麼，我就發訊息給所有執行員，請他們明天務必來上班囉？」

「好啊，麻煩你了。」

將事情交代下去後，瑛昭便安心地回到自己的辦公室，繼續研究水晶球。

季望初最近在休假，也不知道跑去什麼地方，今天依然沒有回家。瑛昭回家後早早就寢，隔天精神抖擻地上班，然而公司內很冷清，除了夕生跟洛陵，來報到的執行員居然只有王寶華。

「瑛昭大人，我準時來參加活動囉！」

王寶華跟他打了招呼，夕生則尷尬地解釋起來。

「不好意思，今天好像只有阿寶來呢，我昨天通知了每一個人，但他們不是在任務中就是休假中不想來，畢竟您沒有強制要求，我也沒辦法逼他們出席。」

「噢……這樣啊。」

瑛昭臉上的失落顯而易見，見狀，夕生連忙開口安慰。

「雖然跟您想要的熱鬧不太一樣，不過我們幾個人還是可以寫春聯的！東西洛陵都買好了，現在就開始嗎？」

他安慰的心意，瑛昭感覺得到，於是瑛昭笑了笑，點頭同意。

「好啊，這就開始吧。」

他們一起移動到會議室，因為這裡的桌子比較大。洛陵給每個人發了毛筆、硯台跟墨條，接著將不同大小的紅色紙張攤開在桌上，讓他們挑選。

「方形的通常只寫一個字，或者寫組合字，如果要寫對聯，就拿長條型的。」

洛陵說明完兩種紙張的不同後，夕生拿起墨條，不滿地抱怨了一句。

「這墨條是怎麼回事？你不能直接買墨汁嗎？」

「寫毛筆字必須從磨墨開始，才能去除浮躁之氣。」

洛陵淡淡地回應，但夕生不能接受他的說法。

「不就是寫個春聯嗎？搞那麼嚴肅做什麼？」

「世界上總有一些事情是不能妥協的，你們要拿毛筆，就不該隨便。」

他這副正經的模樣，讓夕生懶得繼續跟他爭辯。

「瑛昭大人，這傢伙就是個活了不知道多少年的古人，所以才有這種莫名其妙的堅持。如果您想要一對漂亮的春聯，可以叫他寫，他是書法大師，寫出來的字很好看。」

夕生說的話，瑛昭都聽進去了。在神界的時候，他也做過抄寫典籍之類的事，對書法頗有心得，寫個春聯倒是難不倒他。

「我也為各位準備了一些常見的春聯字句，想不到要寫什麼的話，可以參考。」

洛陵的準備相當充分，大家參考完例句，決定好自己要寫什麼，就開始磨墨了。

磨墨，做為寫春聯之前靜下心的前置動作，確實很適合。由於春聯寫完，還要煩惱貼的地點，瑛昭選擇的是方形的春聯，思考再三後，他寫下了「日進斗金」的組合字，做為來年對公司的期許。

「喔！瑛昭大人，您寫好了啊？您的字很好看呢！」

夕生並沒有專心寫自己的春聯，而是一直分心觀察其他人。見瑛昭寫完一張，他立即湊過去觀摩。

「謝謝。就是不知道我挑的字，是不是俗氣了點？」

「怎麼會呢！您是我們第十九號部門的部長，做為老闆，希望公司能賺大錢也是正常的，要把這張春聯貼在門口嗎？」

夕生十分捧場，王寶華跟洛陵也跟著稱讚了幾句，瑛昭便不好意思地點了點頭。

「好啊，反正也只是圖個喜氣，就貼吧。」

「神寫出來的春聯，絕對喜氣！我這就去貼。」

夕生說著，拿起瑛昭寫好的春聯就跑了，完全沒有先把自己的春聯寫完的意思。

第二個完成春聯的是王寶華，他寫了「招財進寶」的組合字。由於他沒練過書法，甚至沒什麼拿毛筆寫字的經驗，寫出來的字只能說差強人意，但寫春聯的活動並不是書法大賽，因此瑛昭還是給予鼓勵，王寶華也笑著收起自己的春聯。

夕生回來時，洛陵正好一氣呵成地寫好了自己的對聯，看著紅紙上優美飛揚的草書，瑛昭不由得出言讚嘆。

「洛陵的字，完全不輸我查到的那些名家，雖然我不是內行人，卻也能感受到字裡行間的氣勢。」

洛陵以劍入道，修成劍仙，下筆時自然帶有凌厲之氣，但夕生並不欣賞這一點。

「字是好看啦，不過那個殺氣，與其說是春聯還不如說是鎮壓惡鬼的符咒吧，說好的過年喜氣呢？」

「我無法改善。春節有個習俗是要鎮壓年獸，那麼春聯帶點殺氣應該是可以的。」

洛陵的話，讓瑛昭產生了少許困惑。

我記得網路上看到的資料，是說要放爆竹嚇跑年獸啊？什麼時候變成鎮壓了？這麼凶殘？

「什麼鎮壓年獸，別給瑛昭大人灌輸錯誤的知識，隨便曲解民俗故事！」

此時夕生也對洛陵的說法提出了異議，洛陵則不認為自己的說法有問題。

「如果年獸真的存在，就應該要鎮壓，而不是每年放走，任由這種怪物年年擾亂人類。假如年獸生在我的時代，我一定會讓牠明白人類不是那麼好招惹的。」

聽了這番話，夕生冷眼以對。

「喔。我這狐狸要是生在你的時代，是不是也會被你當成不安分的狐妖宰了？」

眼見話題逐漸有火藥味，瑛昭趕緊打圓場。

「今天是節慶活動，別說這種話，大家開開心心寫春聯吧！夕生，你的春聯還沒完成呢！」

夕生自然看得出瑛昭不希望他們吵起來，因此他露出燦爛的笑容，應了聲「現在就寫」，然後就坐下，重新拿起毛筆。

「我就不寫對聯那種高難度的東西了，寫個『招財進寶』吧！」

他拿起毛筆隨便撇了幾下，就聲稱自己已經寫好。不得不說，即使不跟瑛昭與洛陵相比，他寫出來的字……也只能用鬼畫符來形容。

「你說這是『招財進寶』？」

洛陵看了半天，也沒看出上面有這四個字中的任何一個字。

「怎麼？我的字體比較藝術一點，你要是看不懂也很正常啦。」

「你要是不會寫，我可以先用楷書寫好讓你臨摹。」

字體比較藝術這種鬼話，洛陵是不會信的，瑛昭原本想給夕生面子假裝自己看得懂，這下子也說不出口了。

「我才不要！我已經寫好了，這張我會自己帶回家貼——都說不用了，你還寫！」

見洛陵坐下來開始寫「招財進寶」，讓夕生瞪大眼睛，十分不滿。

「這才是『招財進寶』。」

他將自己寫好的春聯放到夕生面前，並拿走夕生寫的那張。

「要貼就帶這張回去貼，這才是春聯。」

「我拿一張帶著殺氣的春聯回去貼我家門口是要幹嘛啊！」

夕生顯得略微崩潰，而洛陵依舊冷靜。

「說不定可以斬斷爛桃花，心術不正的人看到就退了。」

「我沒有爛桃花！不管是什麼桃花都可以當做我修行的素材！」

第十九號部門的寫春聯活動，在大家都完成自己的春聯後就宣告結束了，收拾東西的同時，夕生不忘再次向瑛昭提醒年終獎金的事。

「年終獎金嗎？我記得。以部門現在的狀況……每個人發三千元足夠嗎？」

電視新聞中那種動不動就一個月、兩個月的年終獎金，瑛昭實在發不出來，就連半個月的年終獎金他都覺得吃力，權衡再三後，他才算出三千元這個數字。

「夠了夠了！我本來以為只有五百元呢！瑛昭大人真是大方啊。」

夕生那喜形於色的模樣，讓瑛昭瞬間安心。

呼，不會太少就好，原來他只期望我發五百？五百真的很少啊，是有總比沒有好的概念嗎？

「還有啊，瑛昭大人，如果之後經費充足，辦活動希望大家熱烈參與，可以考慮準備一些獎品、獎金，或者抽獎喔，只要有好處，就能提高大家參與活動的意願，這是我的小小建議。」

「我明白了，謝謝。」

「那就預祝瑛昭大人新年快樂囉！」

下班後，瑛昭將剩下的材料帶回家，打算再寫幾張春聯，而他一用鑰匙打開季望初的家門，就從食物的香味得知季望初回來了。

「季先生！你回來了？今天你怎麼沒去公司參加活動啊？」

他走到廚房門口，一看見季望初就問了這個問題。

「啊？你是說寫春聯？別鬧了，我習慣寫硬筆字，參加自己不擅長的活動做什麼？」

季望初正在試湯的味道，他的回答讓瑛昭受到了一點打擊。

「大家一起感受過年氣氛不好嗎？」

「我跟他們又沒感情，這種氣氛理論上是跟親朋好友一起才有意義的吧？」

「這、這樣啊，那如果有獎金或獎品會提高你參加的意願嗎？」

「不會，老子又不缺錢，也不缺什麼東西。」

無欲則剛。瑛昭再次想起父親的教誨。

「……說起來，你不回神界過年嗎？」

這時，季望初看了他一眼，然後問出這句話。

「對神界的神來說，『年』是很短暫的時間，時光時常流逝得不知不覺，如果一年就要慶祝一次，太擾人了，親人之間十年沒見面都不算久……也是因為神界沒有過年的習俗，我才想體驗看看。」

瑛昭解釋了自己的狀況後，季望初露出無可奈何的表情。

「知道了。既然如此，我會準備年夜飯一起吃，行吧？」

「年夜飯嗎？好啊！」

瑛昭愉快地答應後，僵硬了一秒。

我的貪吃形象是不是更根深蒂固了？但我的重點明明不是食物……

「如果想再體驗別的習俗，我也可以包紅包給你。」

「咦？可是紅包不是已婚的人包給未婚的嗎？季先生，難道你——」

「那是某些國家的習俗，不是這裡的！我沒結婚！」

「不然也是長輩包給晚輩的啊？」

聞言，季望初哼了一聲。

「在第十九號部門，我的確算是你的長輩。」

……長輩是這樣算的嗎？

因為擔心繼續反駁，季望初會惱羞成怒，瑛昭乖乖點頭，接著展示了手上的春聯。

「要不要在門口貼春聯？我可以現在寫。」

「想貼就貼吧。」

「那麼，季先生有想要的吉祥話嗎？我寫什麼比較好？」

聽他這麼問，季望初給了一個壞心的建議。

「『早生貴子』如何？上次那個老婦人的生子任務，到現在都還沒有人接吧？」

「……季先生，不要吧，你用不著這麼犧牲，春聯也不是這樣用的。」

「那你隨便寫吧，我沒意見。」

於是，瑛昭認真用手機查了一陣子，最後在紙上寫下「吉祥如意」，就歡歡喜喜拿去貼了。

雖然自己就是神，不認為一張紙能改變什麼，不過寫句好話，每天回家看了也開心。

—END—

季望初

身分：老鬼

身高：185公分　　體重：未知

年齡：實際年齡未知，外貌年齡二十五歲。

喜好與興趣：情報收集

外貌特徵：黑色微捲短髮，紫色眼睛。

最常做的打扮：現代裝束，長大衣。

天奉瑛昭
身分：神二代
身高：180公分　　體重：未知
特殊能力：讀取目標的心音
年齡：實際年齡未知，外貌年齡二十歲。
喜好與興趣：學習新知
外貌特徵：銀色長髮，束髮，金色眼睛，眉心有紅色印記。
最常做的打扮：長袍，流雲袖，比較像古代仙人的衣服。
參與現代任務的時候會變裝。

後記

大家好，我是水泉，很高興跟大家在後記相見。久違的新系列第一集！雖然早已不是新人，新書發售前夕還是有點緊張，不曉得大家喜不喜歡，我會在噗浪、ＦＢ粉專跟網誌開感想區，希望能收到一些讀後感。

這是我第一次嘗試在小說網站進行線上連載，也算是人生中第一次有了小說截稿日，還有第一次嘗試創作短篇、第一次在故事裡面寫小故事……各種第一次，讓一切感覺都非常新鮮，也謝謝角川的邀請，讓我有機會嘗試不同的創作管道。目前第二集的內容已經在線上連載囉！如果想搶先看到後續劇情，可以到 KadoKado 觀看，只要沒有休刊，就是固定週二更新，網站也有一些通知提醒功能，上面不時也會舉辦活動，歡迎大家多多利用。每回更新底下的留言我都會看喔！

由於連載持續進行，我想第二集應該也不會等很久吧……雖然最近家裡事情很多，連帶影響了寫作進度，不過我還是會盡力維持好的，請期待下一集的故事！

神界直屬第十九號部門連載網址：https://www.kacokado.com.tw/book/1?tab=catalog

此外，部落格搬家囉。歡迎大家到新家找我，謝謝大家的支持。

黑水蔓延之地：http://suru8aup3.blogspot.tw/

最後又要來宣傳一下沉月的ＬＩＮＥ貼圖。節慶篇跟幾個新的貼圖也上架囉！搜尋沉月或者 sunken moon 都可以找到，兩款的畫家都是戰部露，希望大家會喜歡。

有任何感想心得都歡迎到噗浪、ＦＢ粉專或網誌來留言：

我的噗浪：www.plurk.com/suru8aup3

我的ＦＢ粉專：https://www.facebook.com/suru8aup3

舊網誌（資料庫）：黑水蔓延之地　http://blog.yam.com/suru8aup3　（已廢除）

感謝大家閱讀到這裡。

水泉

國家圖書館出版品預行編目資料

神界直屬第十九號部門 / 水泉作 . -- 初版 . --
臺北市 : 臺灣角川股份有限公司 , 2022.07-
　冊 ;　公分

ISBN 978-626-321-628-0(第 1 冊 : 平裝)

863.57　　　　111007672

神界直屬第十九號部門 1

作　　者＊水泉
插　　畫＊竹官

2022年7月28日 初版第1刷發行

發 行 人＊岩崎剛人
總 編 輯＊呂慧君
編　　輯＊溫佩蓉
美術設計＊林慧玟
印　　務＊李明修（主任）、張加恩（主任）、張凱棋

台灣角川

發 行 所＊台灣角川股份有限公司
地　　址＊104台北市中山區松江路223號3樓
電　　話＊（02）2515-3000
傳　　真＊（02）2515-0033
網　　址＊http://www.kadokawa.com.tw
劃撥帳戶＊台灣角川股份有限公司
劃撥帳號＊19487412
法律顧問＊有澤法律事務所
製　　版＊尚騰印刷事業有限公司
I S B N＊978-626-321-628-0